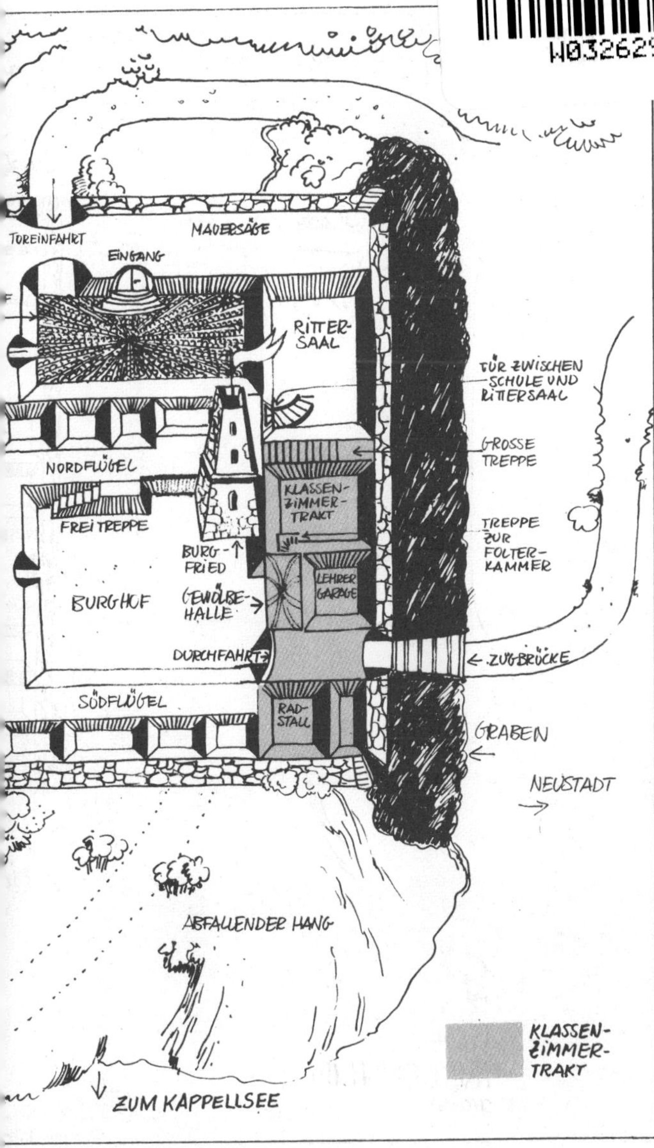
TOREINFAHRT
MAUERSÄGE
EINGANG
RITTER-SAAL
TÜR ZWISCHEN SCHULE UND RITTERSAAL
GROSSE TREPPE
NORDFLÜGEL
KLASSEN-ZIMMER-TRAKT
FREITREPPE
TREPPE ZUR FOLTER-KAMMER
BURG-FRIED
BURGHOF
GEWÖLBE-HALLE
LEHRER GARAGE
DURCHFAHRT
ZUGBRÜCKE
SÜDFLÜGEL
RAD-STALL
GRABEN
NEUSTADT
ABFALLENDER HANG
KLASSEN-ZIMMER-TRAKT
ZUM KAPPELLSEE

Dieses Schneiderbuch gehört

OLIVER HASSENCAMP

Auf Schreckenstein gibt's täglich Spaß

Mit Illustrationen von
Kurt Schmischke

Schneiderbuch
EGMONT

Dieser Band erschien erstmals 1966 im Franz Schneider Verlag

1. Auflage

verlegt durch EGMONT Verlagsgesellschaften mbH,
Gertrudenstraße 30–36, 50667 Köln

Text: Oliver Hassencamp
Titelbild: Nikolaus Moras
Innenillustrationen: Kurt Schmischke, © VG Bild-Kunst, Bonn 2013
Umschlaggestaltung: Max Meinzold, München
Satz: Greiner & Reichel, Köln
Printed in the EU (675292)

ISBN 978-3-505-13198-1

Inhalt

Ein kurzes Gastspiel

„Und jetzt erkläre mir mal, warum du mit Konrad so brutal umgegangen bist."

Herr Schuster, der Leiter der Ebert-Schule, trat ans Fenster und sah in den Schulhof hinunter. Andi stand mitten im Zimmer und versuchte der Reihe nach zu berichten.

„Bei dem Handballspiel gegen die Schreckensteiner hat man mich ins Tor gestellt. Ich war sehr froh, dass ich in der Mannschaft spielen durfte als Neuer, und in der ersten Halbzeit ist auch alles gut gegangen, ich hab alles gehalten. Aber dann, als wir gegen die Sonne spielen mussten, hat der Konrad mich geblendet."

Herr Schuster drehte sich um. „Wie denn? Womit?"

„Mit seiner Trompete", antwortete Andi.

„Die hatte er dabei, um euch anzufeuern."

„Aber sie hat mich geblendet. Dauernd. Ich hab keinen Ball mehr gesehen."

„Dann sollen die zehn Tore, die wir schlucken mussten, alle auf Konrads Konto gehen?", fragte Herr Schuster ungehalten. „Wieso haben die anderen davon nichts gemerkt?"

„Die haben ja gespielt. Nur der Torwart steht immer am selben Platz", antwortete Andi.

„Und warum hast du dem Schiedsrichter nichts gesagt?"

„Nichts halten und dann einen Sündenbock dafür suchen – da hätten die mich doch alle ausgelacht", verteidigte sich Andi.

Herr Schuster sah ihn eine Weile an, dann sagte er: „Wie dem auch sei. Du bist erst ein paar Wochen bei uns, das will ich dir zugutehalten. Am Anfang hat man's nicht ganz leicht. Aber was du dann mit Konrad gemacht hast, das geht zu weit. Ihn an den Marterpfahl binden und vor seinen nackten Füßen ein Feuer anzünden! Dazu hast du ihm noch Moos und Erde in den Mund gestopft und ihn dann gekitzelt, dass er fast erstickt wäre."

Ruhig sah ihn Andi an. „So machen es die Indianer. Ich wollte ja nur, dass er die Spiegelei endlich zugibt. Aber er war hart im Nehmen. Ich sei der blödeste Torwart aller Zeiten, hat er gesagt. Ich hätte die Schule blamiert ..."

„Ich muss zugeben, so miserabel haben wir noch nie gegen die Schreckensteiner gespielt", unterbrach ihn der Schulleiter. Andi senkte den Kopf und blieb die Antwort schuldig. Da fuhr Herr Schuster fort: „Du weißt, dass Konrad eine Gehirnerschütterung hat. Was sagst du dazu?"

Andi musste überlegen. „Ich weiß nur, dass ich ihm gleich nach dem Spiel eine geschwalbt habe. Er mir übrigens auch. Aber von einer Gehirnerschütterung hab ich nichts bemerkt."

„Konrad dafür umso mehr", sagte der Schulleiter barsch. „Sein Vater hat sich sehr aufgeregt. Er besteht darauf, dass du bestraft wirst."

„Mir reichen die zehn Torre völlig", brummte Andi.

Aber Herr Schuster hörte ihm gar nicht zu. „Ich muss auch sagen, so brutale Methoden gibt es bei uns nicht. Ich werde deinen Vater verständigen, um zu hören, was er dazu meint. Statt dich zu prügeln, solltest du dich lieber auf die Hosen setzen, damit du deinen Rückstand in der Klasse bald aufholst. Geh jetzt! Wir werden weitersehen."

Andi verließ die Ebert-Schule, setzte sich auf sein Rad und fuhr aus Neustadt hinaus. Jetzt nur nicht nach Hause!, dachte er. Die Rennmaschine mit der 12-Gang-Schaltung – ein Geschenk seines Onkels – war im Augenblick seine einzige Freude. Aber schon musste er wieder an das denken, was Herr Schuster eben gesagt hatte. Er kam damit einfach nicht klar. Gehirnerschütterung von einer Ohrfeige? So stark bin ich doch gar nicht!

Und er trat ärgerlich in die Pedale. Ihn traf wirklich nicht alle Schuld. Konrad hatte sich von Anfang an feindselig verhalten, was zu verstehen war, denn Konrad wäre auch gern Handballtorwart geworden. Aber die Mannschaft hatte nach einem Probetraining mit mehreren Anwärtern ihn, den Neuen in der Schule, ausgesucht.

Gewiss, die Sache mit dem Marterpfahl war schlimm. Aber hatte nicht Max die Idee dazu gehabt, Max, der Konrad auch nicht leiden konnte, weil der ihm Tusche in seine Briefmarkensammlung gegossen hatte? Wenn er nur den Mund gehalten hätte, statt gleich nach dem Spiel die Schuld auf Konrad zu schieben! Trotzdem: Konrad hatte ihn absichtlich geblendet. Das stand fest.

Andi kam an eine kleine Steigung und stand in den Pedalen auf. Sonst war er immer besonders stolz, nicht aus dem Sattel zu müssen. Aber heute hatte er nicht einmal an seiner Gangschaltung Freude. Der Vater würde toben – das stand fest! Und was würde geschehen? Ach, wäre nur sein Vater nicht versetzt worden! Wäre er noch in Altenburg! Dort war er der beste Radrennfahrer und der listenreichste Indianer gewesen. Alle hatten ihn geachtet, seine Freundschaft gesucht. Das Davonfahren half nichts. Wie immer die Geschichte ausgehen mochte, er musste mit seinem Vater reden. Je eher, desto besser. Andi zog die Felgenbremsen, wendete und fuhr nach Hause.

Ruhe nach dem Sturm

Das Mittagessen verlief wie immer, nur hatte Andi keinen Appetit. Sein Vater erkundigte sich nach Aufgaben und Noten. Seit der Übersiedelung nach Neustadt gehörten diese Fragen zum täglichen Tischgespräch. Die Ebert-Schule war schon weiter im Stoff als die alte Schule in Altenburg.

„Der Junge muss zu viel lernen“, klagte die Mutter.

„Schulwechsel bringen das so mit sich“, sagte der Vater.

Andi schaute von seinem Teller auf, erst zum Vater, dann zur Mutter. Er konnte es einfach nicht glauben, dass sie noch nichts wussten. Bis ihm der alles erklärende Gedanke kam: „Wann kriegen wir unser Telefon?“, fragte er.

„Oh, das haben wir schon“, sagte die Mutter. „Heute Morgen waren die Männer von der Post da. Drüben im Wohnzimmer steht es.“

„Ich habe auch schon einen Anruf bekommen“, fügte der Vater hinzu. Doch es klang nicht so, als ob es Herr Schuster gewesen sei.

Dieses Warten auf die zweite Standpauke war unerträglich. Andi saß in seinem Zimmer und tat so, als mache er Schulaufgaben. Bei jedem Klingeln zuckte er zusammen. Schließlich hielt er es nicht mehr aus und ging zu seinem Vater, der mittwochnachmittags immer zu Hause arbeitete.

„Vater“, begann er, „ich muss dir etwas sagen. Herr Schuster wird dich anrufen und sich über mich beschweren.“

Damit war die Wahrheit heraus. Andi atmete auf und erwartete das väterliche Donnerwetter.

„Ich weiß“, sagte der Vater, und seine Stimme klang ruhig. „Der Direktor hat mich angerufen. Ich hätte schon beim Mittagessen mit dir sprechen können, aber ich wollte, dass wir in Ruhe darüber reden.“

Andi glaubte nicht recht zu hören. Und da er sich verstanden fühlte, gab er seine Schuld, genauer seinen Anteil Schuld, an der ganzen unglückseligen Verkettung von Umständen ohne irgendwelche Beschönigungen zu.

„Ich kenne das“, sagte der Vater. „Da kommt man in eine neue Schule, weiß von nichts und ist im Nu der Sündenbock für allerlei Feindschaften, die schon bestanden haben, als man noch gar nicht da war. Mir ist es seinerzeit ähnlich gegangen."

Nach dieser Eröffnung sah Andi seinen Vater an, als wäre er ein Klassenkamerad.

„Und was wird jetzt?", fragte er.

„Die Sache mit dem Feuer ging zu weit. Ich kenne dich gar nicht von der Seite." Der Vater schüttelte den Kopf.

„Meinst du, ich fliege?", fragte Andi.

Wie sich im weiteren Verlauf des Gespräches herausstellte, hatte er schon vorher mit Herrn Schuster gesprochen und dabei erwogen, ihn doch in eine andere Schule zu stecken. Das Nachholpensum auf der Ebert-Schule war zu umfangreich. Hätte es Andi nicht in einem halben Jahr bewältigt, wäre er unweigerlich sitzengeblieben.

„Somit haben wir zwei Fliegen mit einer Klappe geschlagen", schloss der Vater. „Konrads Papa ist mit der Strafe zufrieden, und du musst die Klasse nicht wiederholen."

„Und die Gehirnerschütterung von Konrad?", fragte Andi ängstlich.

„Halb so schlimm", antwortete sein Vater. „Da hat dieser Konrad reichlich übertrieben."

Andi fiel ein Stein vom Herzen.

Aber ganz so glatt, wie das Gespräch zwischen Vater und Sohn verlief, war der Fall nun auch wieder nicht. Wo sollte Andi hin? Die Franz-Joseph-Schule hatte einen anderen Lehrplan Und die dritte Schule in Neustadt war wegen Mangels an Raum weggezogen. Auf die Burg Schreckenstein.

„Eigentlich bin ich ganz froh, dass es so gekommen ist“, fuhr der Vater fort. „Wir haben alles etwas übereilt gemacht, weil wir uns nicht auskannten. Inzwischen habe ich mich erkundigt und die, wie ich glaube, richtige Schule für dich gefunden: das Internat auf der Burg. Zwar kämst du nach dem Unterricht nicht mehr nach Hause, sondern müsstest dort wohnen, was deiner Mutter gar nicht recht sein wird. Aber nach allem, was wir bis jetzt über den Schreckenstein gehört haben, bin ich dafür.“

Andi war entsetzt. Nur nicht auf die Burg! Wo ich mich vor denen so blamiert habe. Unter keinen Umständen!, dachte er, sagte aber nichts. Wie er seinen Vater umstimmen sollte, wusste er noch nicht. Aber irgendwie musste es ihm gelingen. Denn was die Neustädter Buben über die Burg munkelten, klang wenig erfreulich. Die Schreckensteiner, so hieß es, fühlten sich in dem alten Gemäuer als Raubritter und benähmen sich entsprechend, die ganze Schule würde von einer Clique von Schlägern beherrscht, die keinen Widerspruch und keine anderen Interessen duldeten.

Vorsichtig gab Andi seinem Vater zu bedenken, was er gehört hatte. Es half nichts. So milde der Vater seinen Abgang von der Ebert-Schule hingenommen hatte, so fest schien er entschlossen, ihn in das Internat zu schicken. Vielleicht war auf der Burg gar kein Platz für einen neuen Schüler? Doch auf solche Hoffnungen wollte Andi sich nicht verlassen. Wenn überhaupt noch etwas zu machen war, dann nur über die Mutter. Um sie zu gewinnen, musste Andi besser Bescheid wissen. Und so beschloss er, zuerst einmal die Verhältnisse auf der Burg auszukundschaften. Nach Indianerart. Er hatte ja noch etwas Zeit.

Häuptling Felgenbremse

Ein richtiges Rennrad mit schmalen Schlauchreifen ist schon ein besonderes Fortbewegungsmittel. Wer einigermaßen trainiert ist, kommt damit weiter als andere Radfahrer mit normalen Rädern. Andi war trainiert; eine Fahrt zur Burg und zurück an einem Tag war eine Kleinigkeit für ihn. Gleich nach dem Frühstück hatte er sich aufgemacht; leichtfüßig kurbelte er durch den Wald, wie es in der Fachsprache heißt. Eifrig schaltend passte er sich den jeweiligen Straßenverhältnissen an, immer bedacht, einen „runden Tritt" zu halten und sich nicht mit zu großen Übersetzungen müde zu strampeln. Diese Fahrweise hatte er aus Fernsehberichten von der Tour de France und der Italienrundfahrt gelernt.

Als die Serpentinen anfingen, schaltete er vorn auf das kleinere Kettenblatt, hinten auf ein größeres Rad des sechsfachen Zahnkranzes und blieb trotz der erheblichen Steigung im Sattel sitzen, woran man den wahren Kletterer erkennt. Die „Roller" nämlich, die großen, athletischen Fahrer, die nur in der Ebene schnell sind, müssen meist schon bei kleinen Steigungen aus dem Sattel und sich in den Pedalen stehend hinaufplagen. À la *danseuse* – nach Tänzerinnenart, nennt man im Radsportland Frankreich diese kraftraubende Fahrweise.

Immer dichter wurde der Wald, immer enger die Kurven, immer steiler der Anstieg. Andi schaltete auf den kleinsten Gang und beobachtete die hinüberspringende Kette, als sein Rad plötzlich einen Stoß bekam, dass er glaubte, gegen eine Gehsteigkante gefahren zu sein. Sofort zog er die Felgenbremsen und sah auf.

Der Schreck, der ihn durchfuhr, war nicht umsonst: Er befand sich auf dem Schreckenstein. Genauer gesagt auf der hölzernen Zugbrücke vor dem Tor, durch das er in den gepflasterten Innenhof sehen konnte. So düster und verwunschen hatte er sich die Burg nicht vorgestellt. Was für eine Strafe, hier leben zu müssen! Grauenhaft! Zu weiteren Überlegungen blieb keine Zeit, wenn er nicht entdeckt werden wollte. Und das hätte ihm gerade noch gefehlt! Nach rückwärts rutschte er vom Sattel, nahm das Rad wie ein Querfeldeinfahrer über die Schulter, verkroch sich ins nächste Gebüsch und lauschte atemlos. Nichts war zu hören, niemand zu sehen. War das am Ende gar nicht der Schreckenstein?

Andi schob das Rad tiefer ins Unterholz, lehnte es an eine morsche Futterkrippe für Wild und schlich, ohne einen Zweig zu bewegen, zur Zugbrücke zurück. Wieder wartete er umsonst. Schließlich wurde es ihm zu dumm. Er ließ sein Rad, wo er es abgestellt hatte, und lief ohne besondere Vorsichtsmaßnahmen durch das Dickicht um die Burg herum. Das Gelände fiel ab, immer steiler, der Wald wurde lichter und hörte dann ganz auf. Links unter ihm lag

Andi schlich am Gemäuer entlang zur Burg.

ein See, am Ufer ein Bootshaus mit Steg, rechts oben die Burg. Von dieser Seite sah sie etwas freundlicher aus. Andi kletterte im Schutz der Bäume den Hang hinauf und schlich an dem Gemäuer entlang.

Als er gerade wieder zweifeln wollte, dass dies die Burg Schreckenstein sei, hörte er über sich ein Geräusch. Es klang, als öffne jemand ein Fenster. Sofort presste er sich gegen die Mauer, und es war ihm, als höre er Stimmen. Dann war es wieder still. Nach einer Weile schlich er weiter bis zur nächsten Ecke. Wieder wartete er, schob dann vorsichtig den Kopf nach vorn. Hier sah es wesentlich freundlicher aus. Ein Park mit gestutzten Hecken, daneben Obstbäume und Gemüsebeete und dahinter ein wunderschöner Sportplatz mit Geräteschuppen, vor dem ein Dutzend Jungen in Jogginganzügen Lockerungsübungen machten.

Also doch der Schreckenstein, dachte Andi und fand es auf einmal gar nicht mehr so schrecklich. Er wurde immer neugieriger. Hätte ich mich nur nicht so blamiert im Tor! Wenn sie wirklich solche Rabauken sind, wie man in Neustadt sagt ... Aber vielleicht sind sie gar nicht so schlimm? Um das feststellen zu können, musste er versuchen, näher an sie heranzukommen, sie zu belauschen. Er legte sich auf den Bauch und kroch zwischen Beeten und Mauer auf die Hecke der Parkanlage zu. Da der Sportplatz etwas tiefer lag, konnte er von dort nicht gesehen werden. Aber von einer anderen Seite: Die Burg hatte auch auf dieser Seite ein Tor, von dem aus ein Kiesweg zwischen dem Park und dem Nutzgarten zum Sportplatz hinunterführte. Andi hatte den Weg noch nicht erreicht, als plötzlich, wie aus der Mauer herausgezaubert, zwei braun-weiße Luxusschuhe dastanden. Direkt vor seiner Nase. Die Schuhe waren besetzt. Von zwei dünnen Beinen in dicken Wollstrümpfen.

„Warum kriechst du da herum?“, fragte eine näselnde Stimme. „Geh aufrecht, Junge, geh aufrecht!“

Andi richtete sich auf, nickte stumm, lief in den Torbogen und versteckte sich hinter dem rechten Torflügel. Vor Schreck noch ganz außer Atem, sah er durch den Spalt am Scharnier. Nein, er war keinem Schlossgespenst begegnet, sondern einem alten Herrn mit Bundhose und einer sehr großen Nase. Erschöpft lehnte er sich gegen die Mauer.

Da setzte ein schrilles Klingeln ein. Andi glaubte eine Alarmanlage ausgelöst zu haben und richtete sich wieder auf. Aber es klingelte weiter. Nur schnell weg von hier!, dachte er und war schon drauf und dran, aus seinem Versteck zur Parkhecke hinüberzurennen.

Doch da kamen Jungen in den Hof, liefen laut redend nach allen Richtungen durcheinander, immer mehr, immer mehr. Manche kamen direkt auf ihn zu, entdeckten ihn aber nicht, sondern liefen durch das Tor hinaus zum Sportplatz. Die Jungen in den Jogginganzügen kamen herein und zerstreuten sich im Hof. Ein weiteres Klingelzeichen ertönte, noch einmal lief alles durcheinander, dann war endlich Ruhe.

Das muss eine Pause gewesen sein, sagte sich Andi und verließ sein Versteck, aufrecht, als gehöre er dazu. Vor der Hecke legte er sich auf den Bauch und kroch in den Park. Endlich! Hier war er in Sicherheit. Er streifte die Erde von seinen Händen und wollte sich gerade aufrichten, da entdeckte er, keine zwanzig Meter entfernt, den alten Herrn. Er saß auf einer Bank und las in einem Buch. Glücklicherweise mit dem Rücken zu ihm. Nur leicht gebückt schlich Andi hinter ihm vorbei, die Hecke entlang, hinunter zum Sportplatz, wo er sich in einem kugelrund geschnittenen Busch niederließ. Hier war er wirklich in Sicherheit.

Die Jungen, die im Torbogen an ihm vorbeigelaufen

waren, hatten sich im Geräteschuppen umgezogen und kamen jetzt zur Kugelstoßanlage – keine fünf Meter von seinem Versteck entfernt.

„Du fängst an, Mücke!“, sagte ein Großer zum Kleinsten, der eine Brille trug.

„Da hast du dich geschnitten“, antwortete der Kleine. „Ich höre bereits auf.“

Alle lachten. Ein dritter drängte sich vor und sagte: „Stephan soll anfangen. Dann sehen wir gleich, was wir noch lernen müssen.“

„Typisch Strehlau! Sogar beim Sport denkt er ans Lernen“, sagte einer, der Andi bekannt vorkam und der nun eine Kugel nahm, in den Ring trat, sich konzentrierte und eine Weite vorlegte, dass alle nur so staunten. Andi inbegriffen.

„Mensch, Stephan! Um ein Haar an der Traumgrenze!“, lobte Strehlau und holte die Kugel.

„Schade, dass Dampfwalze nicht da ist“, sagte der Kleine. „Er würde schön fluchen.“

„Lass mal, wenn Dampfwalze eine Wut hat, kommen die besten Leistungen raus.“

Andis Misstrauen legte sich zusehends. Wie dieser Stephan seinen abwesenden Rivalen verteidigte, das war gut. Das hätte in der Ebert-Schule keiner getan! Und während die Schreckensteiner ihre

Kugelstoßübungen machten und sich gegenseitig auf den Arm nahmen, wurde ihm klar, warum sie in Neustadt einen so schlechten Ruf hatten: Man beneidete sie. Schon weil sie immer gewannen. Wie gut, dass er heraufgefahren war! Der Ton, der hier herrschte, gefiel ihm. Jetzt würde er sich gegen Schreckenstein nicht mehr wehren.

Stephan trat wieder in den Ring. Alle schauten ihn an, um seine Technik zu studieren. Nur Strehlau, offenbar der Beste in der Schule, lief zerstreut wie ein Professor nach einer Kugel, die mitten im Messfeld lag. Strehlau bückte sich, Stephan streckte sich und stieß … Ein Aufschrei – und haarscharf flog die schwere Eisenkugel am Kopf des Musterschülers vorbei.

Der Kleinste, den sie Mücke nannten, schüttelte den Kopf. „Jetzt hast du dagestanden wie der müde Torwart von der Ebert-Schule."

Schallendes Gelächter war die Antwort. Nur Andi in seinem Versteck bekam schmale Lippen. Nein, hierher konnte er nicht. Sie lachten ihn jetzt noch aus, wo in Neustadt keiner mehr daran dachte. Was er erfahren hatte, reichte ihm.

Als er sich gerade davonschleichen wollte, hörte er plötzlich ein vertrautes Geräusch. Es klang wie das Surren des Zahnkranzes an einer Rennmaschine.

„Schaut mal!“, sagte eine Stimme, während er seinen alten Beobachtungsplatz wieder einnahm.

Andi stockte der Atem. Da saß ein Junge, der ihm ebenfalls bekannt vorkam, auf seinem kostbaren Rennrad und rollte zu der Kugelstoßanlage.

„Mann! Eine Rennmaschine!“, rief Mücke aufgeregt. „Hast du die von deiner Tante geerbt?“

„Nein, die hat mir der Nikolaus gebracht“, antwortete der Junge. „Ich will drüben die Futterkrippe reparieren, komme hin, denke, ich treffe ein liebes Rehlein, stattdessen lehnt da dieses Prachtstück!“

Die Kugelstoßer umringten ihn, zogen an den Felgenbremsen, nahmen Rennflasche und Zelluloidluftpumpe aus den Haltern und spielten mit der empfindlichen Gangschaltung. Die waren ja vollkommen verrückt! Am liebsten wäre Andi aufgesprungen, um das Rad ihren unkundigen Händen zu entreißen und davonzufahren. Aber er hielt sich zurück. Wenn er aus dem Gebüsch käme, würden sie sofort Verdacht schöpfen. Und sie waren in der Überzahl. Außerdem: Wie sollte er ihnen beweisen, dass es sich um *sein* Rad handelte? Hier konnte nur eine indianische Kriegslist helfen: Er musste aus einer anderen Richtung kommen, scheinbar suchend und schon von Weitem sichtbar.

So rasch, wie es die Vorsicht zuließ, kroch er aus dem kugelrunden Busch, schlich an der Hecke entlang hinter dem alten Herrn vorbei, kroch zum Tor, rannte gebückt bis zur Ecke zurück und kam, sich eifrig umsehend, scheinbar vom See hinter dem Geräteschuppen herum zum Sportplatz.

„Gut, dass ich euch treffe!", rief er näher tretend. „Mir ist mein Rad gestohlen worden."

Diese forsche Einleitung sollte die Schreckensteiner einschüchtern. Sie reagierten auch ziemlich verblüfft. Nur Mücke hatte gleich eine Antwort bereit. „Hier wird nicht gestohlen. Das verbitten wir uns!"

Aber Andi ließ sich nicht beirren. „Wie ihr das nennt, interessiert mich nicht. Jedenfalls ist das da mein Rad. Und hier habe ich es nicht abgestellt, sondern auf der anderen Seite im Wald." Entschlossen griff er nach dem Lenker, zog die Maschine quer vor sich und brachte die Hebel der Gangschaltung wieder in die richtige Stellung.

„So ein Rad stellt man auch nicht in den Wald", sagte Kugelstoßer Stephan barsch. „Was machst du überhaupt hier oben bei uns?"

Jetzt musste Andi eine gute Antwort einfallen, wenn er sich nicht verraten wollte. „Ich hab mich beim Training verfahren“, antwortete er. „Außerdem kann es ja mal vorkommen, dass man sein Rad plötzlich in den Wald stellen muss.“

Mücke verstand sofort. „Ach, so meinst du das!“, sagte er und deutete auf die Trinkflasche. „Wenn du zum Training auch eine ganze Bar mitnimmst ...“

Die anderen lachten, der kritische Punkt war überspielt.

„Sag mal“, fragte Stephan und sah Andi forschend an, „bist du nicht der komische Torwart von der Ebert-Schule?“

Es klang nicht, als ob er ihn damit kränken wollte. Andi blieb ruhig und antwortete mit einer Gegenfrage: „Dann bist du der Mittelstürmer, der mir vier Schüsse in den Kasten geknallt hat?“

Stephan nickte. „Ich heiße Stephan“, sagte er.

Auch Andi nannte seinen Namen. Als Letzter begrüßte ihn der Junge, der sein Rad gefunden hatte.

„Mich müsstest du auch kennen. Ich war bei dem Spiel rechter Läufer und heiße Ottokar.“

Dass er weitere drei Tore geschossen hatte, erwähnte er nicht, was Andi ihm hoch anrechnete.

Auch für die andern war das Thema Handball erledigt. Sie zogen ihn nicht weiter damit auf, sondern ließen sich die Rennmaschine erklären.

„Ganz interessant“, schloss Mücke. „Rennfahrer haben wir hier nämlich keinen.“

„Aber langweilig ist es deswegen nicht“, fügte Ottokar hinzu.

Andi glaubte ihm aufs Wort. Die Gelegenheit, mehr über das Leben auf der Burg zu erfahren, war da, doch ihm genügte, was er gesehen hatte.

„Ja, dann werde ich mal mein Training fortsetzen“, sagte er und schwang sich in den Sattel, als dumpf ein Gong ertönte.

„Endlich Mittagessen!“, rief Stephan. „Los, wir müssen uns umziehen.“

Die Kugelstoßer verschwanden im Geräteschuppen. Nur Ottokar blieb zurück.

„Moment.“ Andi stützte sich auf Ottokars Schulter, stieg in die Fußhaken und zog die Riemen fest. „Auf ein andermal.“

Ottokar lächelte. „Willst du nicht mit uns essen?“, fragte er. „Auf die halbe Stunde kommt’s auch nicht an bei dem schnellen Rad.“

Andi zögerte. Zu überraschend kam das Angebot.

„Nun komm schon“, sagte Ottokar. „Wir

verhungern nicht deinetwegen. Bei so vielen Portionen verteilt sich das."

„Was gibt's denn?", fragte Andi, obwohl er noch keineswegs sicher war, dass er bleiben würde.

„Ich glaube, Astronautencreme", sagt Ottokar.

„Astronautencreme?" Andi öffnete die Riemen der Fußhaken.

Ottokar grinste. „Ist so eine Art Schonkost für die Zähne: Kartoffelbrei mit Soße und Haschee. Schmeckt wie aus der Tube."

Andi lachte schallend über die komische Bezeichnung. Und ehe er sich's recht versah, hatte Ottokar sein Rad an einen sicheren Ort und ihn in den Esssaal gebracht.

Die Jungen saßen an zehn oder zwölf langen Tischen; das Essen hatte schon angefangen. Einige drehten sich um.

„Zuerst will ich dich dem Rex vorstellen", sagte Ottokar und schob Andi zu dem runden Tisch in der Mitte des Saals.

Ein großer weißhaariger Herr sah ihnen entgegen.

„Wir haben einen Gast, Herr Meyer", erklärte Ottokar mit größter Selbstverständlichkeit, fragte Andi nach seinem Nachnamen und machte ihn mit dem Schulleiter bekannt.

„Freut mich“, sagte Direktor Meyer. Er läutete mit einer kleinen silbernen Tischglocke, stellte Andi allen Schülern und Lehrern vor und hieß ihn auf der Burg willkommen.

Andi, dem das sehr peinlich war, sah zu Boden. Da brachen die Jungen in einen unverständlichen Ruf aus, der offensichtlich ihm galt. Durch diese nette Geste wurde er wieder sicher.

Am Tisch des Rex waren die Jungen zusammengerückt; einer hatte Andi Teller und Besteck geholt. Ottokar sprach noch kurz mit dem Rex und setzte sich dann auf seinen Platz an einem der anderen Tische.

„Du bist ein begeisterter Radrennfahrer, wie ich höre“, sagte der Rex. „Diese Sportart ist bei uns noch gar nicht vertreten.“

Andi erzählte kurz von seiner angeblichen Trainingsfahrt und seiner Begegnung mit den Schreckensteinern.

Der Rex nickte interessiert. „Wenn du einen so anstrengenden Sport betreibst, wirst du auch Hunger haben. Lass dir's schmecken!“

Das ließ sich Andi nicht zweimal sagen und nahm sich ordentlich von der Astronautencreme. Sie schmeckte gar nicht nach Tube, sondern prima.

„Dein Appetit ist nicht von schlechten Eltern“, sagte eine Stimme.

Erst jetzt merkte Andi, dass er neben Mücke saß. Antworten konnte er im Augenblick nicht, also nickte er mit prallen Backen und futterte weiter, bis der Teller leer war.

Lächelnd beobachtete ihn der Rex. „Tu dir keinen Zwang an.

Andi nickte wieder und nahm sich eine zweite Portion.

„Sag mal“, fragte der Rex, während ein Junge das Geschirr abräumte und eine große Schüssel mit frischen Kirschen brachte. „Wieso konntest du heute trainieren? Habt ihr keinen Unterricht?“

Andi bekam einen Schreck, dass ihm der Unterkiefer stehen blieb. Glücklicherweise konnte er nicht gleich antworten. Entschuldigend deutete er auf seine prallen Backen und überlegte fieberhaft.

„Ich ... ich bin nicht mehr auf der Ebert-Schule“, berichtete er der Wahrheit gemäß, verschwieg aber den Grund und betonte dafür seine Schwierigkeiten mit der Umschulung desto gründlicher. Worauf der Rex verständnisvoll nickte und keine weiteren Fragen stellte. Andi atmete auf, die Schwindelei war geglückt.

Doch Mücke bohrte weiter. „Dann bist du zurzeit auf überhaupt keiner Schule? Was sagen denn deine Eltern dazu? Oder haben sie sich damit abgefunden, dass du Radrennfahrer wirst?"

Andi schüttelte den Kopf.

„Nun ja", fuhr Mücke fort. „Was man nicht im Kopf hat, muss man in den Beinen haben. Oder wenigstens in der Gangschaltung."

Da fiel ihm der Rex ins Wort. „Lass dich von ihm nicht aufzwicken. Mücke hat das frechste Mundwerk von allen. Er ist ja auch Lokalredakteur unserer Schulzeitung."

Was jetzt geschah, verschlug Andi vollends die Sprache.

Mücke setzte sich auf, grinste den Rex an und sagte: „Wenn Sie persönlich werden, Herr Direktor, berichte ich in der nächsten Nummer, dass Sie immer zu schnell Auto fahren."

Dieser Ton, wenn auch im Scherz, wäre auf der Ebert-Schule nicht möglich gewesen. Andi war gespannt, wie es weitergehen würde.

Aber der Rex lächelte nur, winkte mit der Hand ab und antwortete: „Dann besorg dir erst mal eine zuverlässige Radaranlage." Dann griff er nach der silbernen Glocke und läutete.

Sofort verstummten alle Gespräche im Saal. Andi, der nicht wusste, was das zu bedeuten hatte, sah Mücke mit überraschtem Gesichtsausdruck an.

„Wir schweigen jetzt fünf Minuten, bis der Schulkapitän angesagt hat“, flüsterte er.

Andi nickte und futterte weiter. Was mochte das sein, ein Schulkapitän?, dachte er. Diese Schule war völlig anders als alle, die er bisher kennengelernt hatte. Ob er den Schulkapitän schon kannte? Es war mucksmäuschenstill im Saal.

Da erhob sich Ottokar von seinem Platz und ging mit einer Hand voller Zettel zum schwarzen Brett neben der Saaltür, wo er mit einer Kuhglocke läutete. Alle drehten sich nach ihm um. Ottokar begann Notizen zu verlesen. Zuerst den Tagesplan. Die Leichtathletikmannschaft hatte Training; für die übrigen hundertdreißig Jungen war ein Hindernislauf angesetzt; wer nicht am Sport teilnehmen konnte, wurde zur Feld- und Gartenarbeit eingeteilt. Dann stellte Ottokar Fragen: „Wer hat einen Reisewecker auf dem Wehrgang gefunden oder weiß etwas davon?“ – „Wer hat am Burgfried eine Scheibe eingeworfen?“

Sofort meldeten sich zwei kleinere Jungen. Andi kam aus dem Staunen nicht mehr heraus. In der Ebert-Schule hätte sich niemand gemeldet.

Ottokar bestellte die beiden auf sein Zimmer und ging an seinen Platz zurück. Der Rex läutete mit dem kleinen Glöckchen; das Mittagessen war beendet.

„Wenn du noch ein bisschen Zeit hast, mache ich eine Fremdenführung“, sagte Mücke im Hinausgehen.

Die Jungen umringten Andi, einige gaben ihm die Hand; ein Kleiner, der sich Herbert nannte, fragte: „Bist du ein neuer Ritter?“

Andi verstand nicht, was er damit sagen wollte.

Mücke klärte ihn auf. „Er meint, ob du zu uns kommst. Wir nennen uns hier Ritter, weil wir einiges von den ehemaligen Burgbewohnern übernommen haben …“

Weiter kam er nicht. Ein großer, sehr stämmiger Junge hatte sich durch die Umstehenden gedrängt. „Du sollst so ein tolles Rennrad haben“, sagte er. „Kann ich das mal sehen? Übrigens: Man nennt mich Dampfwalze.“ Und er drückte Andi kräftig die Hand.

Sie gingen hinunter, gefolgt von ein, zwei Dutzend Jungen oder Rittern. Das kostbare Rad wurde gebührend bestaunt.

„Dampfwalze ist der Stärkste hier“, sagte Mücke,

als sie allein waren und über den Wehrgang liefen. „Stephan nennt ihn Muskelprotz mit Spatzenhirn, weil's mit dem Denken ein bisschen hapert."

Die Burg war viel größer und weitläufiger, als sie von außen wirkte. Mücke führte Andi über lange Gänge, wo die Kleiderschränke der Jungen standen, zeigte ihm das Wohnzimmer mit dem großen Kachelofen, einem Konzertflügel und einem Fernsehapparat, den Burgfried, die Klassenzimmer, die Folterkammer. „Hier halten wir unsere Versammlungen ab", sagte Mücke. „Wir, das sind in diesem Fall die großen Ritter."

Andi kam es ein wenig albern vor, dass sich gerade die großen Jungen so nannten, er sagte aber nichts. Dann zeigte ihm Mücke den sogenannten Prinzengarten, die Parkanlage, die dem Burgherrn, dem Grafen Schreckenstein, gehörte.

„Wir nennen ihn nur Mauersäge, weil er eine so große Nase hat", erklärte Mücke. „Leider kann ich ihn dir nicht vorführen."

Andi nickte nur. Dass er den Grafen bereits kannte, sagte er nicht. Zum Abschluss besichtigten sie den Ahnensaal mit den Bildern und Rüstungen der ehemaligen Burgherren. Jean, der Diener des Grafen, wurde eigens geholt, um die Tür aufzuschließen.

„Eigentlich heißt er ja Hans“, sagte Mücke nach der Besichtigung. „Aber wenn wir was von ihm wollen, sagen wir immer Jean. Das klingt vornehmer. Und auf Vornehmheit legt er größten Wert.“

Die Schulglocke läutete.

„Jetzt haben wir Ruhepause“, erklärte Mücke. „Komm rasch mit auf mein Zimmer, dann zeige ich dir noch etwas.“

Die halbstündige Ruhepause zwischen Mittagessen und dem Nachmittagsprogramm war eine ständige Einrichtung auf der Burg. Andis Indianerherz empfand es als übertrieben, dass junge Ritter Mittagsschläfchen machten wie ältere Herren, doch er hielt den Mund.

Mücke stellte ihm seine Zimmergenossen vor: Musterschüler Strehlau, den er schon kannte, Werner und Klaus, den Witzbold. Sie gaben ihm Decken und eine Luftmatratze, während Mücke aus einer Schublade seines Klappbetts Papier herausholte. „Hier, das kannst du lesen. Die neueste Nummer.“

Andi nahm die zusammengehefteten Blätter und las die Überschrift: *Das Wappenschild* und darunter *Chronik und Zeitung der Schule Burg Schreckenstein.*

„Ach ja, du bist der Chefredakteur“, sagte Andi.

„Lokalredakteur“, verbesserte Mücke. „Chefredakteur ist Strehlau. Er macht die Chronik, ich die Berichte zum Tagesgeschehen.“

Andi, der sich darunter nichts vorstellen konnte, lächelte freundlich.

Alle legten sich nieder. Mücke und Strehlau lasen. Werner und Klaus hatten die Hände unter dem Hinterkopf gefaltet und starrten an die Decke.

„Sagt mal ...“, begann Andi.

„Nachher“, antwortete Strehlau. „Während der Liegezeit sollen wir nicht reden.“ Er wendete sich ab und las weiter.

Andi wunderte sich über gar nichts mehr. Dieser Schreckenstein war schon eine komische Schule! Das stand fest. Unlustig blätterte er in der Schülerzeitung und fing an irgendeiner Stelle an zu lesen: „... alles scheint in Ordnung zu sein, wir leben im Geist der alten Ritter und trotzdem haben wir uns verändert. Denn eines fehlt uns, was die Ritter hatten – der Schwung. Wir haben keinen Schwung mehr. Seit dem Tanzfest drüben bei den Mädchen auf Schloss Rosenfels sind keine richtigen Streiche mehr gemacht worden. Wir sind ein ganz lahmer Laden geworden! Das ist ziemlich traurig ...“

Andi legte die Zeitung weg. Diesen Eindruck hatte er auch. Es wollte ihm nicht in den Kopf, wieso diese braven Mittagsschläfer als Rabauken verschrien waren!

„Na?“, fragte Mücke, als sie nach dem nächsten Klingelzeichen wieder sprechen durften. „Weißt du jetzt über uns Bescheid?“

Andi druckste herum. „Ich weiß nicht. Ich verstehe euch nicht. Ihr legt euch da schön brav aufs Bett und haltet den Mund, wo doch gar kein Lehrer da ist, der kontrolliert!“

„Ja und? Wäre das eine besondere Heldentat gewesen, wenn wir geredet hätten?“, fragte Mücke.

„Du wirst lachen, wir schreiben auch im Unterricht nicht ab. Auch nicht, wenn der Lehrer aus dem Zimmer geht“, erklärte Witzbold Klaus.

Andi sah ihn groß an.

„Das verstehst du nicht, Andi“, sagte Mücke. „Ihr in Neustadt macht euren Unsinn im Unterricht. Dann geht ihr nach Hause. Aber wir hier leben mit den Lehrern zusammen. Da wäre es doch ganz witzlos, sie dauernd zu belügen.“

„Und unritterlich dazu“, bemerkte Werner.

Sie gingen hinaus auf den Gang zu den Schränken, um sich für das Training umzuziehen.

„Und was ist ritterlich?“, wollte Andi wissen.

„Einstehen für das, was man macht“, sagte Strehlau. „Kein fremdes Eigentum wegnehmen oder beschädigen. Wenn einer dreimal zu spät kommt, zum Unterricht, zum Essen und so weiter, dann bestraft er sich selbst, das heißt, er macht einen Strafmarsch nach Wampoldsreuthe, morgens vor dem Frühstück. Das sind fünf Kilometer. Er macht das ganz allein, niemand kontrolliert ihn. Das ist Ehrensache.“

„Für schlimmere Vergehen gibt es auch größere Gehstrafen“, fuhr Mücke fort. „Aber wenn wir Streiche machen und sie sind witzig und es geht nichts kaputt dabei, wird überhaupt nicht gestraft. Kirchturmuhr verstellen, Fledermäuse in die Betten der Lehrer stecken, einen Angeber mit Spannlack anpinseln ...“

„Steht alles in meiner Chronik“, sagte Strehlau stolz.

Jetzt musste Andi doch lachen. Um nicht zurückzustehen hinter diesen seltsamen Rittern, erzählte er von seinen Streichen in Altenburg als Indianer. Sie gingen hinunter in den Hof. Er holte sein Rad.

Beim Abschied klopfte Mücke ihm auf die Schulter. „Besuch uns mal wieder, wenn du trainierst!

Aber schleich nicht als Indianer hier herum! Wir haben nämlich auch eine Art Marterpfahl – unsere Folterkammer."

„Ein indianischer Radrennfahrer“, brummte Witzbold Klaus und schüttelte den Kopf. „Wohl so 'ne Art ‚Häuptling Felgenbremse‘.“

Wohl so 'ne Art „Häuptling Felgenbremse“

Gemischte Gefühle

In Neustadt hatte niemand etwas von Andis Ausflug bemerkt.

„Ich habe heute mit dem Leiter von Schreckenstein telefoniert", sagte der Vater nach dem Abendessen. „Und was ich gehört habe, gefällt mir außerordentlich. Die Jungen dort müssen nicht nur büffeln, sondern werden auch charakterlich erzogen."

„Vater war ganz begeistert", sagte die Mutter. „Mir wäre ja eine Schule lieber, von der du nach dem Unterricht heimkommst. Aber diese Burg scheint etwas ganz Besonderes zu sein. Stell dir vor, die Jungen dort belügen nicht einmal ihre Lehrer! So etwas habe ich noch von keiner Schule gehört!"

„Platz wäre vorhanden, hat Direktor Meyer gesagt. Und der Lehrplan scheint auch nicht so hart zu sein wie in der Ebert-Schule. Nun, was meinst du, Andi?" Der Vater holte sich eine Zigarre und sah seinen Sohn erwartungsvoll an.

Andi zog die Schultern hoch. „Gut", sagte er. „Wenn ihr meint, gehe ich eben auf den Schreckenstein."

Und so zog er alsbald mit Sack und Pack, mit Rennrad und recht gemischten Gefühlen auf der Burg ein. Die Ritter nahmen ihn auf mit einer Selbstverständlichkeit, als gehöre er seit Jahr und Tag zu ihnen und sei nur einmal kurz verreist gewesen. Das erleichterte die ungewohnte Trennung vom Elternhaus.

In der ersten Nacht lag Andi lange wach und dachte nach. Würde er sich eingewöhnen können? Tagsüber ließ das Leben auf der Burg für Grübeleien keinen Raum. Aufstehen, Dauerlauf durch den Prinzengarten, bei Wind und Wetter nur mit einer Turnhose am Leib, anschließend unter die kalte Dusche. Dann Frühstück, Unterricht, Trainingspause, Unterricht, Mittagessen, Liegepause, Sport, Werk- und Feldarbeit, Teepause, Schulaufgaben, Abendessen, danach noch irgendeine Veranstaltung, Chorsingen, Vorlesen, Konzert, eine lehrreiche Fernsehsendung, Basteln oder Gesellschaftsspiele. Und dazwischen eine Unmenge von Pflichten wie Holzsägen oder Kohlentragen für die Küche, Wasserhähne und Glühbirnen kontrollieren und dergleichen mehr.

Während der ersten Tage war Andi nur müde, schlief ein, wo er sich hinsetzte, und kam überall zu spät. So lernte er im Morgengrauen eines Regentages den Ort Wampoldsreuthe kennen. Schweigend, wie andere Ritter, marschierte er seine Strafe ab. In der zweiten Woche wich die Müdigkeit. Dafür stellte sich ein unbeschreiblicher Hunger ein.

„Wenn du so weitermachst, brichst du bald Ottokars Essrekord“, sagte Stephan schmunzelnd.

„Wieso? Wie hoch ist der?“, fragte Andi.

„Zwanzig Dampfnudeln mit Vanillesoße!“

Andis Achtung vor den Rittern wuchs mit jedem Tag. Der sehr straffe und ausgedehnte Sportbetrieb, das Nachholpensum in der Klasse, die körperliche Arbeit an der frischen Luft und vor allem das Tempo, mit dem hier alles vor sich ging, machten ihm klar, dass selbst ein konditionsstarker Neustädter Radrennfahrer noch lange kein Ritter war. Die Schreckensteiner siegten nicht umsonst, wohin sie kamen! Sie waren harte Burschen.

Mit der Zeit änderte sich auch seine Einstellung zu den Lehrern. Es hatte wirklich keinen Sinn, sie während des Unterrichts zu ärgern, wenn man nachher beim Essen wieder mit ihnen zusammensaß und ihnen auf Schritt und Tritt begegnete.

Nun waren die Schreckensteiner Lehrer aber auch ganz anders, fast wie Kameraden. Sogar am

Sport nahmen sie teil. Der Netteste von allen war zweifellos Doktor Waldmann, dessen Tochter Sonja drüben in Schloss Rosenfels auf der anderen Seite des Kappellsees unterrichtete und manchmal herübergerudert kam. Aber auch Gießkanne, den Gesangslehrer, und Rolle, den Sportlehrer und Mannschaftstrainer, schloss er alsbald in sein Herz. Und den Schreinermeister Schrimpf in Wampoldsreuthe, zu dem er jeden Mittwochnachmittag in die Lehre ging. Wie jeder auf der Burg musste auch Andi zusätzlich ein Handwerk lernen. Da war es kein Wunder, dass für das kostbare Rennrad wenig Zeit übrig blieb, nicht einmal so viel, um es zu vermissen.

Ottokar, der als Schulkapitän mit dem Rex zusammen die Zimmerordnung machen durfte, hatte Andi zu Stephan in den kleinen Turm gelegt. Das war ein besonders beliebtes Zimmer, mit Fenstern nach drei Seiten. Seine Stubenkameraden waren Eugen und Pummel, die beiden Segelflieger. Sie flogen zwar noch nicht, bastelten aber unter Doktor Waldmanns Anleitung mit großem Eifer. Zimmerführer war Stephan, der Inhaber des Kugelstoßrekords, der in der Ritterschaft eine ganz große Rolle spielte.

Doch wenn Andi langsam seine anfängliche Abneigung gegen die besondere Art der Ritter überwand, so verdankte er das dem kleinen Mücke, mit dem sich eine richtige Freundschaft anzubahnen begann.

„Sag mal“, fragte Stephan eines Abends, „kannst du eigentlich ein Instrument spielen?“

„Nur Fahrradklingel“, antwortete Andi.

Eugen und Pummel lachten. „Wir dachten, du könntest wenigstens auf der Luftpumpe pfeifen.“

Stephan blieb ernst. „Schade“, sagte er. „Ich suche dringend einen Trompeter für meine Kapelle. Strehlau Klavier, Hans-Jürgen Flöte, Rolle Bass, Ottokar Schlagzeug und ich Akkordeon. Da fehlt uns ein kräftiges Blechinstrument.“

Andi zog bedauernd die Schultern hoch. „Vielleicht schenkt mir mein Vater eine zu Weihnachten. Dann will ich's gerne mal versuchen.“

„Er versteht sich eben mehr auf leise Dinge. Zum Beispiel auf Anschleichen nach Indianerart“, sagte Pummel und kroch auf allen vieren durchs Zimmer.

Stephan winkte lässig ab. „Indianer! Was sollen wir hier mit nachgemachten Indianern?“

Damit hatte er recht. Andi bedauerte überhaupt, je von seiner Vorliebe für Rothäute erzählt zu haben. Aber daran war Dampfwalze schuld. Wenigstens zum Teil. Dampfwalze, stärkster Mann auf der

Burg, bester Speerwerfer und Zweitbester im Kugelstoßen, der überall mit seiner Leibgarde Klaus und Dieter auftrat, galt als nicht sehr zugänglich. Das hatte er bei seiner Kraft auch nicht nötig. Umso erstaunlicher war es, wie er sich Andis annahm. Hatte er sich anfangs für Rennräder und Radrennen interessiert, so waren es jetzt die Indianer.

„Wir sind hier zwar Ritter“, sagte er. „Aber vielleicht kann man von den Indianern doch etwas

„Anschleichen nach Indianerart“

lernen. Die machen alles so lautlos und täuschen ihre Gegner mit Finten. Das wär mal was Neues für uns."

Andi war als Neuer jedem dankbar, der sich mit ihm befasste. Doch wenn es nach ihm ging, wenn niemand etwas von ihm wollte, dann saß er bei Mücke in der Redaktion und las in der Chronik.

„Wie fühlst du dich denn so als radelnder Häuptling mit halber Ritterrüstung?", fragte der kleine Lokalredakteur.

„Wie meinst du das?" Andi war gerade dabei, die ersten Seiten der neuen Nummer zu vervielfältigen.

„Nur so", sagte Mücke. „Ich sehe dich da manchmal mit Dampfwalze in der Gegend herumkriechen."

Andi hörte auf zu kurbeln. „Weißt du, ich finde es ja auch albern. Aber Dampfwalze behämmert mich dauernd wegen Indianertaktik, Anschleichen, Fallenstellen und so."

Mücke sah ihn prüfend an. „Ich wäre an deiner Stelle etwas vorsichtiger mit diesen Sachen."

„Ach Quatsch", antwortete Andi. „Wenn mich einer was fragt, gebe ich Auskunft. Auch über Indianer. Das werden die Herren Ritter ja wohl noch erlauben."

Die Macht der Feder

Im Großen und Ganzen fügte sich Andi in die neue Ordnung ein. Er kam in der Schule gut mit, lief, wenn er dreimal irgendwo zu spät gekommen war, unaufgefordert nach Wampoldsreuthe und schrieb auch im Unterricht nicht ab. Da alle andern sich ebenso verhielten, fiel ihm die Umstellung gar nicht so schwer, wie er gedacht hatte. Das Getue der Ritter aber, vor allem der Ernst, mit dem sie betonten, anders zu sein als die Jungen in anderen Schulen, kam ihm immer noch ziemlich albern vor.

Er musste tief geschlafen haben, denn als Pummel ihn wachrüttelte, wusste er zuerst gar nicht, wo er war.

„Los, Andi, aufstehen! Du sollst in die Folterkammer kommen."

„Ich?", fragte Andi. „Was soll ich denn da mitten in der Nacht?"

„Das wirst du schon sehen", sagte Pummel und zog ihm die Decke weg. „Stephan hat mich beauftragt, dich zu wecken."

Wenn Stephan dahintersteckte, war das natürlich etwas anderes. Stephan war in Ordnung und außerdem der Vertraute von Schulkapitän Ottokar. Andi zog seinen Trainingsanzug über, nahm die Taschenlampe und machte sich auf den Weg. Was mochte Stephan nur von ihm wollen? Sollte es sich am Ende um einen der berühmten Streiche handeln, von denen es in der Schulchronik nur so wimmelte?

Andi benutzte die Abkürzung über den Wehrgang und ein Kletterseil neben dem Burgfried und malte sich die kommenden Ereignisse in den rosigsten Farben aus. Schwungvoll öffnete er die schwere Eisentür der Folterkammer und trat ein.

Da standen Stephan, Ottokar, Dampfwalze, Klaus, Dieter und Hans-Jürgen um den steinernen Richtertisch. Mücke saß auf der Streckbank und baumelte mit den Beinen. Alle trugen Trainingsanzüge und hielten Taschenlampen in den Händen. Andi hatte also recht vermutet: Es handelte sich um einen Streich.

Näher tretend stieß er mit dem Fuß gegen eine zwischen den Steinfliesen eingelassene Holzleiste. Ein Kasten an der Wand sprang auf, und ein Skelett mit einer Sense wippte grinsend heraus. Andi erschrak. Aber nur für eine Sekunde, bis er sich der entsprechenden Geschichte in der Chronik erinnerte. Die alten Burgherren hatten diesen Mechanismus gebastelt, um ihre Gefangenen schon beim Betreten der Kammer ordentlich einzuschüchtern. Und die neuen Ritter hatten dem Knochenmann einen Spitznamen gegeben.

„Ist ja gut, Paule! Mach's nicht so spannend“, sagte Andi, trat gelassen näher, schob den Sensenschwinger in den Kasten zurück und schloss die Tür.

Die Ritter waren von dieser Reaktion sichtlich beeindruckt. Andi entgingen ihre Blicke nicht. Er setzte sich zu Mücke auf die Streckbank, verschränkte die Arme, in Erwartung, dass man ihn nun in den geplanten Streich einweihen werde. Stattdessen wurde er gepackt, und ehe er recht begriff, was geschah, auf die Streckbank gefesselt. Dampfwalze drehte an der Winde, nur ganz wenig, bis er wirklich ausgestreckt dalag.

„Was wollt ihr denn von mir?“, fragte Andi, der es jetzt doch mit der Angst zu tun bekam. Er war beileibe kein Angsthase, aber das hier ließ doch seinen Mut sinken.

„Nur Geduld, mein Junge“, antwortete Klaus, der Witzbold, während Dieter ihm die Turnschuhe auszog. Hans-Jürgen brachte Holzwolle und Kleinholz und machte auf den Steinfließen ein Feuer unmittelbar vor Andis Füßen. Es wurde ungemütlich warm an den Sohlen. Dampfwalze drehte wieder an der Winde.

„Vorsicht, nicht zu fest!", ermahnte Ottokar.

Damit wurde Andi klar, dass sie ihm anscheinend einen Denkzettel verpassen wollten. Aber wofür? Hatte er sich etwas zuschulden kommen lassen, angegeben, gegen eine Schulregel verstoßen, sich abfällig über den Ritterkult geäußert? Oder wollten sie ihm ganz einfach seine Begeisterung für Indianer austreiben? Ja, nur das konnte es sein. Aber da sollten sie sich täuschen! Sollten sehen, was ein Indianer aushält! Keinen Mucks würde er tun!

Dieser Vorsatz wurde sogleich auf eine harte Probe gestellt, denn jetzt fingen sie an, ihn zu kitzeln. Doch Andi blieb stark, entspannte die gestreckte Muskulatur, so gut es ging, atmete ruhig und zuckte mit keiner Wimper.

„Genug", sagte Ottokar nach wenigen Minuten, die Andi wie eine Ewigkeit vorkamen.

Dampfwalze drehte die Winde zurück, Hans-Jürgen nahm das kleine Feuer auf eine Schaufel und kippte es in eine Wassertonne.

„So ähnlich hast du es in der Ebert-Schule gemacht", sagte Stephan. „Das haben wir inzwischen erfahren und wollten dir einmal zeigen, wie angenehm so was ist."

„Wir haben nämlich nicht gern Feiglinge, die Wehrlose quälen, weil das nicht fair ist", fügte Ottokar hinzu. „Also hör auf, bei uns Indianersitten einzuführen, sonst kannst du gleich wieder gehen."

„Ja, aber ..." Andi war drauf und dran zu sagen, dass Dampfwalze ihn ausdrücklich dazu ermuntert habe. Erwartungsvoll schaute er zu ihm hinüber. Doch Dampfwalze lehnte bequem am Richtertisch und machte keinerlei Anstalten, sich zu äußern. Andi fand das eigentlich recht unritterlich, bis ihm ein anderer Gedanke kam: Die wollten mir nur auf den Zahn fühlen, wie weit meine Begeisterung wirklich geht! Und der Wahrheit gemäß sagte er: „Das war doch Spaß. Wer kommt denn auf die Idee, in Mokassins mit Kriegsbeil auf einem Wehrgang herumzuschleichen? Und die Sache in Neustadt hab ich gemacht, weil man mir gegenüber gemein und hinterlistig war. Bestimmt. So war's."

„Ich glaube ihm", sagte Mücke, der als Redakteur am schnellsten denken konnte.

„In Ordnung“, sagte auch Stephan und begann die Fesseln zu lösen. „Wir wollen nur sehen, woran wir mit dir sind.“

Ottokar gab ihm die Hand. „Denk dir nichts dabei. Wer zu uns kommt, muss umlernen. Aber es ist nicht schwer. Wir haben einen ganz einfachen Wahlspruch: ‚Ich will auf Schreckenstein allzeit fair und ehrlich sein!‘ Wenn du dich daran hältst, können wir dich bald zum Ritter schlagen.“

„Deine Reaktion, als Paule aus dem Kasten kam, war prima!“, sagte Mücke.

Dampfwalze, der die Fußfesseln gelöst hatte, boxte ihn kameradschaftlich auf die Brust. „Beachtlich war, dass du keine Miene verzogen hast“, erklärte er. „Ich hab nämlich ganz schön zugedreht!“

Andi nickte und schlenkerte seine gedehnten Glieder. Jetzt hatte er die Schreckensteiner verstanden! Und er schwor sich, auf der Burg allzeit fair und ehrlich zu sein.

„Jetzt zeig uns mal, wie ein Indianer in seinen Wigwam schleicht“, scherzte Klaus, der Witzbold.

Jeder nahm seine Taschenlampe, und sie schlichen – jedoch nicht nach Indianerart – in ihre Zimmer zurück.

Dampfwalze hielt sich von nun an merklich zurück. Andi war recht froh darüber und fand es auch ganz normal. Man hatte ihn auf die Probe gestellt und er hatte sie bestanden; die Ritter kannten seine Einstellung, jedes weitere Wort wäre zu viel gewesen.

Wenn Andi jetzt mehr mit Stephan zusammenkam, lag das nicht daran, dass er Dampfwalze böse gewesen wäre. Die engere Beziehung zu seinem Zimmerältesten hing vielmehr mit dem Klassenlehrer zusammen. Doktor Waldmann war in Neustadt gewesen und hatte eine Trompete mitgebracht. Für Stephans Kapelle. Rolle, der Sportlehrer, zeigte Andi den richtigen Ansatz und die Bedienung der Ventile. Eigentlich stand er ja an der Bassgeige, aber weil er früher schon einmal in einer Kapelle gespielt hatte, kannte er sich mit den verschiedensten Instrumenten aus. Stephan als Leiter der Horror-Rock-Jazz-Band – so hatten sie den Namen Schreckenstein ins Englische übertragen – war selig über den Zuwachs. Es ergab sich ganz natürlich, dass er abends öfter mit Andi zusammenkam, wenn der im Chemielabor übte.

Auch Rolle ließ sich ab und zu dort sehen, um die Fortschritte zu begutachten. Dabei kam es oft zu Meinungsverschiedenheiten. Stephan wollte möglichst rasch möglichst viele Stücke hören, um die Trompete in der Kapelle einsetzen zu können. Rolle war dagegen.

„Erst Ansatz üben, dann Melodien", sagte er immer wieder. „Sonst wackeln die Töne, wenn die Lippen müde werden. Deswegen keine Stücke, nur Töne anblasen und möglichst lange halten, bis sie ganz sicher kommen."

Andi versuchte beiden gerecht zu werden und verwendete viel Zeit auf das neue Instrument.

Am wohlsten aber fühlte er sich nach wie vor in der Redaktion der Schulzeitung. Nicht nur, weil er Mücke besonders mochte, sondern auch wegen der Zeitungsarbeit, die geheimnisvoll und deshalb so aufregend war.

Mückes Klage über mangelnden Schwung, die er in der letzten Ausgabe vorgebracht hatte, war das meistberedete Thema. Die Ansichten darüber gingen weit auseinander.

Strehlaus Chronik lag abgezogen und gestapelt auf dem Redaktionstisch. Es fehlte nur noch Mückes Lokalbericht. Die ganze Schule wartete schon mit Spannung darauf. Denn was Mücke sagte, war zwar manchmal unverblümt, aber immer stichhaltig und in bester Absicht geschrieben. Zum Vorteil der Allgemeinheit. Sie arbeiteten mit Hochdruck. Andi kurbelte den neuen Lokalbericht durch die Vervielfältigungsmaschine – ohne jedoch den Inhalt zu kennen. Mücke ordnete die Blätter, und Hans-Jürgen heftete die fertigen Exemplare zusammen.

Mitten in der Arbeit, scheinbar ganz nebenbei, wie es Mückes Art war, kam die Frage: „Wie geht es eigentlich unserem Häuptling Felgenbremse?"

„Der hat seinen Geist ausgehaucht. Durch das Ventil vom Hinterrad", parierte Andi.

Hans-Jürgen musste lachen.

Aber Mücke zog Andi weiter auf. „Ach ja, richtig. Ein sehr wendiger Geist!"

„Wie meinst du das?", fragte Andi.

„Nun ja." Mücke blinzelte über seine Brille. „Zuerst Hausindianer bei Dampfwalze, dann Stabstrompeter bei Stephan. Das ist doch ganz schön."

Andi machte wohl ein ähnlich verdutztes Gesicht wie in der Folterkammer, denn Hans-Jürgen sagte: „Du brauchst deswegen nicht zu schauen wie Paule!"

Andi war kein Spielverderber und konnte auch einen Scherz vertragen. Er lachte mit ihnen, kurbelte weiter und sagte, wie es der Wahrheit entsprach: „Ich weiß nicht, was ihr wollt."

„Dem kann abgeholfen werden“, antwortete Mücke. „Wenn du das gelesen hast, was du da gerade durch den Kasten kurbelst, weißt du mehr.“

Andi drehte das Blatt vollends durch und las:

Bedenkliche Entwicklung

In unserer letzten Nummer hat die Lokalredaktion feststellen müssen, dass wir keinen Schwung mehr haben. Aber geändert hat sich seitdem nichts. Auch die Lokalredaktion hat nichts unternommen, um uns wieder auf Trab zu bringen. Sie hat nur festgestellt, dass wir lahm geworden sind.

Was war sonst? Eugen und Pummel haben ein Segelflugzeug gebaut. Aber das ist noch keinen Meter geflogen.

Wir haben die Ebert-Schule im Handball geschlagen. Aber das war keine Leistung.

Sonst haben wir Zuwachs bekommen – den Andi. Er ist auf dem Wege, ein brauchbarer Ritter zu werden. Aber er wird abgelenkt. Gewisse Leute haben versucht, ihn als Indianer in ihren Wigwam zu locken. Von anderer Seite soll er zum Musikgenie gezüchtet werden. Das erinnert an die Zeit, als die Burg wegen eines Kugelstoßrekords in zwei Lager gespalten war, und ist somit eine bedenkliche Entwicklung.

Andi legte das Blatt auf den Stapel und sah Mücke an. Die Sache mit dem Kugelstoßrekord war eine alte Fehde zwischen Dampfwalze und Stephan. Das wusste er aus der Chronik. Und eine solche Fehde sollte jetzt seinetwegen wieder aufflammen?

„Ist das wirklich so?“, fragte er. „Das kann ich mir einfach nicht vorstellen.“

Mücke zuckte mit den Schultern. „Als Redakteur bin ich unparteiisch und muss schreiben, was ich sehe. Du kannst das nicht beurteilen, du warst damals noch nicht hier.“

Andi konnte sich immer noch nicht beruhigen. Was er da gelesen hatte, war einfach toll, und Mücke stand da, klein, die Brille auf der Nase, gerade so, als wäre dieser gepfefferte Artikel das Normalste von der Welt.

„Na, die werden Augen machen, wenn das erscheint!“, sagte Andi.

„Sollen sie auch“, antwortete Mücke ungerührt.

„Und ich“, fuhr Andi fort, „ich werde zusehen, dass ich mich da in Zukunft raushalte. Eigentlich hättest du mir das gleich sagen können.“

Mücke schüttelte den Kopf. „Es geht alle an, und alle müssen es erfahren. Nur dann hilft es. Das ist die Macht der Feder!“

Neuer Schwung

Die Redaktion vom „Wappenschild“ war übereingekommen, die neue Nummer nach dem Mittagessen auszugeben. Dann würden alle sie während der Liegepause lesen. Und eben davon versprach sich Mücke die größte Wirkung.

Doch schon beim Frühstück ereignete sich etwas Unvorhergesehenes. Statt wie sonst hinter seinem Kakao zu sitzen, lief Ottokar ständig zwischen dem Rex und Doktor Waldmann hin und her. Schließlich ging er noch zu Pummel und tuschelte mit ihm. Alles wartete auf die Glocke, die den Beginn des Unterrichts ankündigte. Doch sie blieb aus. Ottokar trat ans schwarze Brett und läutete mit der Kuhglocke.

„Ich habe eine Überraschung für euch“, begann er. „Im letzten ‚Wappenschild‘ hieß es mit Recht, wir hätten keinen Schwung mehr. Das haben sich zwei Ritter so zu Herzen genommen, dass wir heute einen großen Tag in der Geschichte unserer Burg feiern können. Eugen und Pummel haben zusammen mit Doktor Waldmann in nächtelanger Arbeit ihr Segelflugzeug fertiggestellt. Um neun Uhr ist Taufe mit anschließendem Start. Der Vormittagsunterricht fällt aus."

Ein unbeschreiblicher Jubel brach los. Eugen, Pummel und der gewichtige Lehrer wurden auf ihren Stühlen hochgehoben und im Triumphzug aus dem Esssaal getragen.

Dann zogen sich alle für das feierliche Ereignis um. Mauersäge, so hieß es, werde als Hausherr die Taufe persönlich vornehmen. Und da Mauersäge die Angewohnheit hatte, beim Sprechen in unregelmäßigen Abständen einen merkwürdigen Laut, ein ks, einzuschieben, waren seine Ansprachen außerordentlich beliebt. „Schalten" nannten die Ritter diese gräfliche Eigenart und zählten mit, wie oft er schaltete. Die Stimmung erreichte somit ihren ersten Höhepunkt, noch bevor es überhaupt losging.

Pünktlich um neun Uhr versammelten sich Ritter, Lehrer und alle, die auf der Burg beschäftigt waren, auf dem Sportplatz. Dort stand, von Eugen und Pummel an den Tragflächen gehalten, das Meisterwerk. Es war ein sogenannter Schulgleiter, eine Übungsmaschine mit hoch angesetzten Tragflächen, vor denen der Pilot ohne Verkleidung völlig im Freien sitzt. Die Flügel waren an einer Art hölzernem Dreieck befestigt. Der vordere Holm dieses Dreiecks diente den Piloten als Rückenlehne, am hinteren Holm war der Rumpf angebracht, und am unteren, der waagerecht verlief, war die Gleitkufe befestigt. Die Spitze des Dreiecks, die zwischen den beiden Tragflächen herausragte, hatte Doktor Waldmann mit einem Tuch verdeckt, das er des Windes wegen festhalten musste.

Andi stand mit der Trompete am Eisentor des Prinzengartens bereit, um Mauersäge mit einem Signal anzukündigen. Er hatte in aller Eile noch geübt, doch als Mauersäge in den Park trat, vergaß er in der Aufregung alles, blies ein paar hohe Töne, legte die Trompete ins Gras und rannte voraus, um ja nichts zu versäumen.

Die Ritter bildeten einen Halbkreis. Der Rex begrüßte Mauersäge und drückte ihm eine Flasche Sekt in die Hand. Dann kam die Ansprache.

„Liebe Jungens …“, rief der Graf in näselndem Tonfall, machte „ks“ und eine lange Pause.

„Erste Schaltung“, zählte Stephan.

„Eigentlich heißt es ja ‚Jungen‘“, tuschelte Strehlau, der neben Andi stand.

„Liebe Jungens“, wiederholte Mauersäge, „ich … ich freue mich, dass ihr ein so wunderschönes …

ks … zustande gebracht habt. Und ich bin stolz und fühle mich geehrt, dass ich es … ks … taufen darf. Möge es euch Freude bringen und euch immer wieder heil und … ks … heil und wohlbehalten auf den Boden … ks … bringen!“

Mit diesen Worten drehte er sich zu dem Flugzeug um. Doktor Waldmann, der immer noch das Tuch festhielt, wies auf die Spitze der Kufe, wo Mauersäge die Flasche zerschellen sollte.

Mauersäge hob den Arm und rief, so laut er konnte: „Damit … ks … damit taufe ich dich auf den Namen *Burg Schreckenstein*!“

Er holte aus. Doktor Waldmann riss das Tuch herunter, rief laut „Au“ und hielt sich den Fuß. Mauersäge war die schwere Flasche entglitten und hatte statt der Kufe den Doktor getroffen. Die Ritter unterdrückten ihr Lachen. Es wäre zu unhöflich gewesen. Einige mussten sich allerdings umdrehen und ihr Taschentuch zwischen die Zähne nehmen. Auch der Rex wandte sich für einen Augenblick ab.

Mauersäge schien sein Missgeschick jedoch nicht weiter peinlich zu sein. Im Gegenteil, auch er lachte. „Seht ihr“, sagte er, „das kommt davon, wenn ein alter … ks … ein alter Kavallerist so einen künstlichen Vogel taufen will. Vom Sattel aus schieße ich euch im Galopp … ks … jeden Apfel vom Baum, aber … ks … hier …?“ Er deutete auf das Segelflugzeug.

Heftiger Beifall setzte ein. Wieder hob er den Arm mit der Flasche. „Doppelt getauft hält besser!“, sagte er. „Und so taufe ich dich hiermit endgültig auf den Namen *Burg Schreckenstein*.“

Ordnungsgemäß zerschellte die Flasche an der Spitze der Kufe. Die Ritter brachen in ihren Schlachtruf aus. Der zeremonielle Teil war beendet.

Jetzt trat Doktor Waldmann in Aktion. Eugen, Pummel, Stephan, Dampfwalze und noch ein paar kräftige Männer machten unter seiner Anleitung das Flugzeug startklar. Rolle ließ inzwischen die Gummiseile auslegen und teilte zwei Ziehmannschaften ein. Hinter dem Rumpf des Flugzeugs hatten sie einen Pfahl in den Boden gerammt, an dem das Halteseil für den Start befestigt war. Dann wurde es spannend. Doktor Waldmann zog eine Lederjacke an, setzte einen Sturzhelm auf und schnallte sich auf seinem luftigen Sitz fest. Auf Rolles Kommando begannen die Ziehmannschaften mit dem Ausziehen der Gummiseile. Zuerst langsam, dann auf ein neues Kommando im Laufschritt, bewegten sie sich zum Kappellsee hinunter.

„Loslassen!“, brüllte Doktor Waldmann nach rückwärts.

Stephan und Ottokar klinkten die Haltevorrichtung aus, die Kufe bewegte sich von ihrem Platz, Eugen und Pummel, die die Tragflächen waagerecht hielten, rannten mit, solange es ging, die Ziehmannschaften stoben nach beiden Seiten auseinander, und stolz schwebte die *Burg Schreckenstein* in etwa fünfzehn Meter Höhe unter ungeheurem Jubel zum Kappellsee hinunter.

Von Andis Platz sah es so aus, als befinde sich das Flugzeug bereits über dem Wasser. Doktor Waldmann, der den Privat-Pilotenschein besaß, zog eine leichte Rechtskurve und landete etwas holpernd, aber wohlbehalten im Feld. Alle rannten hinunter, um ihn zu beglückwünschen. Sogar Mauersäge stelzte, gefolgt von Diener Jean, durch das hohe Gras zum Landeplatz.

„Da habt ihr einen grundsoliden Vogel gebaut“, lobte der Doktor. „Damit dürft ihr jetzt gleich eure ersten Hüpfer machen.“

Mit vereinten Kräften wurde der Vogel zum Startplatz zurückgebracht. Eugen und Pummel knobelten die Reihenfolge aus. Pummel gewann und ließ sich festschnallen.

„Aber nur ein bisschen abheben! Bis du das Gefühl dafür hast“, sagte der Doktor. „Nicht hochziehen! Sonst sackst du durch.“

Diesmal gingen die Ziehmannschaften nur im Schritt und nur bis auf halben Zug. Der Doktor selbst klinkte die Haltevorrichtung aus. „Achtung!“, rief er.

Pummel rutschte los, wie auf einem Schlitten den Hang hinunter. Einige fingen schon an zu lachen, als der Vogel plötzlich vorne hochging wie ein Pferd, das über ein Hindernis setzt.

„Nicht, Pummel!“, brüllte der Doktor aus Leibeskräften. Doch da plumpste die *Burg Schreckenstein* bereits in eine Ackerfurche, wo sie stecken blieb wie ein Dackel im Neuschnee.

Doktor Waldmann war sauer.

„Ich habe nichts gemacht“, verteidigte sich Pummel, „bestimmt nicht! Mir ist nur was ins Auge geflogen. Da muss ich gezogen haben.“

Und da er ein Ritter war, glaubten sie ihm.

Während sie den Vogel wieder zum Startplatz brachten, sah Andi auf dem Kappellsee ein Ruderboot, das sich auf den Steg zu bewegte. Als Eugen angeschnallt wurde, stand plötzlich ein Mädchen bei Doktor Waldmann, das von allen stürmisch begrüßt wurde. Vor allem von Ottokar und Stephan. Andi kannte die jüngste Lehrerin von Rosenfels noch nicht persönlich.

Der Doktor winkte ihn zu sich. „Das ist Andi“, stellte er vor. „Und das ist Sonja, meine Tochter, außerdem Lehrerin drüben in Rosenfels.“

„Ach, du bist der Radrennfahrer!“, sagte Sonja und gab ihm die Hand.

Andi war platt und wollte schon fragen, woher sie das wisse.

Aber sie kam ihm zuvor. „Du siehst, das hat sich bereits rumgesprochen. Bis zu uns hinüber.“

Andi überlegte krampfhaft, auf welchem Wege man in dem Mädchenpensionat von ihm gehört haben könnte. Mücke hatte eine Schwester drüben, aber die sah er nur in den Ferien. Zu weiteren Betrachtungen über seinen Ruf als Radrennfahrer kam er nicht, denn Eugen war startklar, und die Ziehmannschaften setzten sich in Bewegung.

„Schade, dass ich dich nicht fliegen sah“, sagte Sonja zu ihrem Vater, der wieder die Haltevorrichtung bediente.

„Schau dir Eugen an. Dann siehst du, wie man Segelfliegen lernt.“

Mit diesen Worten klinkte der Doktor die

Haltevorrichtung aus. Pummel, der mit Dampfwalze die Flügel waagerecht hielt, lief los, stolperte und fiel hin. Dampfwalze rutschte der andere Flügel aus der Hand. Mit einer leichten Seitenneigung hob die *Burg Schreckenstein* vom Boden ab.

„Ausgleichen, ausgleichen!", brüllte der Doktor und rannte hinterher. Doch dazu war es schon zu spät. Eugen, der nur etwa einen Meter vom Boden abgehoben hatte, geriet in eine zunehmend schrägere Lage, berührte mit einer Tragfläche den Boden und fiel wie ein Stein ins Gras.

Alle eilten hinzu. Die Tragfläche war geknickt, Eugen etwas blass, aber sonst wohlauf.

„Da haben wir noch mal Glück gehabt", sagte der Doktor ernst. „Jetzt habt ihr gesehen, was schon passieren kann, wenn einer stolpert, der nur die Tragfläche hält. Ich denke, das war eine gute Erfahrung."

Beim Mittagessen gab es natürlich nur ein Thema: die drei Flüge. Andi hatte in dieser Woche Abräumdienst. Als er von Platz zu Platz ging, um die Teller einzusammeln, fragte plötzlich einer: „Sag mal, was ist eigentlich mit der neuen ‚Wappenschild'-Nummer?"

„Der geht es sehr gut", antwortete Andi.

„Seid ihr immer noch nicht fertig?“, fragte ein anderer.

Das ließ Andi nicht auf der Redaktion sitzen. „Klar sind wir fertig!“

„Dann kommt sie also heute raus, wie versprochen?“ Und ohne Andis Antwort abzuwarten, drehte er sich zum Nachbartisch um und sagte: „Habt ihr gehört? Das ‚Wappenschild‘ kommt heute tatsächlich raus!“

„Na endlich!“, sagten die Ritter.

Andi trug die Teller weg und brachte den Nachtisch.

Da trat Mücke zu ihm. „Wir müssen verschieben“, sagte er. „Die Sache mit dem Segelflugzeug muss rein. Wer konnte auch ahnen, dass die ausgerechnet heute Nacht fertig werden!“

Mücke hatte recht. „Müssen wir eben noch mal drucken“, sagte Andi. „Aber was sagen wir den anderen? Die warten schon drauf. Du hast es ja groß angekündigt.“

Ottokar trat zu ihnen. „Ihr sollt hier nicht rumstehen beim Essen!“, sagte er.

„Lässt sich leider nicht vermeiden“, antwortete Mücke und erklärte ihm mit wichtiger Miene, was es mit der neuen Nummer auf sich hatte.

Ottokar überlegte einen Augenblick, dann sagte er: „Versprochen ist versprochen! Ich kann höchstens darauf hinweisen, dass sich eine Sache im Lokalbericht inzwischen erledigt hat. Aber das merken sie ja auch so."

Mücke und Andi zogen ab, holten den Wäschekorb mit der neuen Nummer, stellten ihn auf den Tisch neben der Saaltür und gaben nach Ottokars Ansage die Hefte aus.

Die Ritter drängten sich; jeder wollte ein Exemplar ergattern, um während der Liegepause Mückes Lokalbericht zu lesen. Am eiligsten hatten es diejenigen, die befürchteten, darin vorzukommen. Zum Beispiel Dampfwalze.

Das ist die Macht der Feder, dachte Andi und beneidete seinen Freund insgeheim. Dabei war Mückes Stimmung heute alles andere als rosig.

„Was ist denn los?", fragten manche. „Ottokar hat gesagt, dass etwas nicht stimmt."

„Das werdet ihr schon merken. Lest es halt selber!", antwortete Mücke immer wieder.

Als Letzte kamen Doktor Waldmann und seine Tochter. „Nanu, Mücke?", sagte Sonja. „Du machst ja ein Gesicht, als ob du in deinem Bericht alle Kommas vergessen hättest!"

„So ungefähr ist es auch", brummte Mücke und gab ihr ein Exemplar. „Ich hätte einen Punkt machen sollen, und zwar vor dem Segelflugzeug." Und zum Doktor gewandt fügte er hinzu: „Da drin steht, dass es nie fliegen wird, und dabei ist es schon geflogen. Wir müssen viel besser zusammenarbeiten, Doktor."

Doktor Waldmann lächelte. „Das ging nicht, Mücke. Dann wäre ja die Überraschung weg gewesen."

Mücke nahm die Blamage erstaunlich gelassen hin. Bei einer Besprechung in der Redaktion sagte er: „Über unsere Falschmeldung können sie lachen, so viel sie wollen; die haben wir gemacht, daran ist nichts zu ändern. Aber dass sie deswegen auch alles andere als Witz auffassen, das ist …"

„… auch nicht zu ändern!", unterbrach Strehlau.

Der Wilde Eberhard

Eine kleine Wirkung hinterließ Mückes Bericht aber doch. Und die bekam Andi zu spüren. Stephan und Dampfwalze waren die Einzigen, die Mücke direkt kritisiert hatte. Den Vorwurf, Andi für ihre Interessen einzuspannen, wollten sie keinesfalls auf sich sitzen lassen. Also ließen sie Andi sitzen. Dampfwalze hatte sich ja schon seit der Nacht in der Folterkammer merklich zurückgezogen. Jetzt folgte Stephan seinem Beispiel. Andi merkte zunächst nichts. Er übte fleißig Trompete im Chemielabor, wo er am wenigsten gehört werden konnte, und machte gute Fortschritte. Doch sosehr er sich auch bemühte, Stephan hatte keine Zeit mehr, ihn anzuhören. Er musste sich für den nächsten Leichtathletikwettkampf in Form bringen, vor allem seine Kugelstoßtechnik verbessern. Die Proben der Kapelle fielen aus. Andi legte die Trompete weg, um sich ebenfalls dem Training zu widmen. Er war zwar nicht in der Mannschaft, hoffte aber doch, eines Tages hineinzukommen. Und das war ganz klar: Dafür musste er ordentlich trainieren.

Dampfwalze, die Hauptstütze der Mannschaft, war auf dem Sportplatz ein viel bewunderter Mann. Wo er trainierte, sammelten sich sofort Zuschauer. Das lag nicht nur an seinen bemerkenswerten Leistungen, sondern auch daran, dass er jeden, der ihn darum bat, bereitwillig in seine Technik einweihte. Doch wenn Andi dazukam, hatte er plötzlich keine Zeit mehr, brach alle Erklärungen ab und widmete sich ausschließlich seiner eigenen Trainingsarbeit. Blieb nur noch Mücke übrig. Leider hatte er im Augenblick auch keine Beschäftigung für Andi. Die Arbeit in der Redaktion ruhte. Nach den jüngsten Ereignissen fehlte es ihr am allermeisten an Schwung. Also besann sich Andi in seiner Freizeit ganz von selbst des vernachlässigten Rennrades.

Es war Samstagnachmittag. Die Mehrzahl der Ritter befand sich am unteren Hang zwischen Sportplatz und Kappellsee, um den wieder startklaren Segelfliegern zuzuschauen oder in der Ziehmannschaft mitzuhelfen. Andi setzte sich auf seine Maschine, fuhr über die Zugbrücke hinaus aus der Burg, bog in die Hauptstraße ein, die um den Kappellsee herumführte. Schon nach den ersten Kilometern wurde ihm klar, dass er hier eine nahezu ideale Trainingsstrecke direkt vor der Nase hatte, eine Strecke mit allen Arten von Schwierigkeiten: Steigungen, Gefälle, topfebene Sprintstrecken, Pflaster, Naturstraße, kurz alles, was der Rennfahrer braucht.

Auf der anderen Seite des Sees führte die Straße, von Wampoldsreuthe herunterkommend, zuerst am Ufer entlang. Andi konnte die Burg und das Segelflugzeug sehen. Dann bog die Straße vom Ufer weg in den Wald, wo sie steil anstieg. Andi schaltete auf einen kleineren Gang und nahm die Steigung in Angriff. Es gab wenig Verkehr. Bis jetzt war ihm nur ein Omnibus begegnet. In einer Serpentine sah Andi zwei Mädchen, die ihre Räder den Berg hinaufschoben. Er schaltete noch einmal, fuhr an ihnen vorbei und bog in die nächste Kehre.

„Hallo, hallo, das ist doch …“, rief es plötzlich von unten. Andi drehte den Kopf zur Seite. Es war Sonja, Doktor Waldmanns Tochter. Ursprünglich wollte er nur winken und weiterfahren, fand das aber unhöflich und stieg ab. Sonja und das Mädchen kamen heran.

„Das ist Andi, der Rennfahrer“, machte Sonja bekannt. „Und das ist Beatrix. Was suchst du denn hier? Willst du uns etwa besuchen?“

Andi schüttelte den Kopf. „Ich trainiere nur ein bisschen. Rund um den See. Ein prima Kurs bis jetzt."

Die Mädchen nickten. An Weiterfahrt war zunächst nicht zu denken. Sonja ließ sich zuerst das Rennrad erklären, dann wollte sie allerhand über die Burg wissen. Bei diesem Thema wurde auch Beatrix interessiert.

„Was macht denn die Kapelle?", fragte Sonja.

„Im Moment gar nichts. Stephan muss trainieren. Kugelstoßen."

„Wieso? Über die Traumgrenze ist er doch schon gekommen", sagte Beatrix.

Es war erstaunlich, was das Mädchen alles wusste. Andi musste ein nicht gerade intelligentes Gesicht gemacht haben, denn Sonja erklärte: „Beatrix kennt Stephan sehr gut. Sie spielt nämlich auch Akkordeon."

„Leider nicht halb so gut", sagte Beatrix.

„Aber sag mal", fuhr Sonja fort, „bei euch gibt es ja demnächst allerhöchsten Besuch."

Andi machte sein weniger kluges Gesicht und zuckte mit den Schultern.

„Das weißt du nicht?", fragte Sonja verblüfft. „Graf Mauersäge war doch kürzlich verreist. Zu

Verwandtenbesuch auf irgendeinem Schloss. Und jetzt kommt die ganze Familie auf den Schreckenstein. Onkels, Tanten, Brüder, Schwestern, Neffen, Enkel. Wie das bei ganz alten Familien so ist."

„Soso", erwiderte Andi höflich, wusste aber nicht recht, was er mit ihrer Eröffnung anfangen sollte.

Doch da fuhr sie schon fort: „Wir beneiden euch richtig. So ein Familientreffen – was man da alles machen kann! Noch dazu in eurem alten Gemäuer! Aber ihr habt ja sicher schon Pläne über Pläne."

Andi nickte, weil ihm keine Antwort einfiel. Von jetzt ab nahm er aber sehr interessiert an der Unterhaltung teil. Ohne dass er hätte fragen müssen, erfuhr er allerlei Einzelheiten über den Tag des Familientreffens und über die Zahl der erwarteten Personen. Sonja wusste hervorragend Bescheid.

Inzwischen waren sie oben auf der Höhe angekommen und stiegen wieder auf die Räder. An der Abzweigung nach Rosenfels verabschiedeten sie sich.

„Also: toi, toi, toi!", sagte Sonja. „Macht einen schönen Streich, damit wir etwas zu lachen haben!"

„Sonst unternehmen wir wieder mal einen gegen euch", sagte Beatrix. „Und grüß Stephan schön!"

„Wird gemacht“, antwortete Andi, stieg in die Fußhaken und fuhr davon.

Das Training hat sich gelohnt, dachte er und kurbelte ein Tempo, wie es Rennradfahrer für gemütlich halten. Das ist ja eine einmalige Gelegenheit, selbst etwas zum Schwung auf der Burg beizutragen! Aber was anstellen? Und vor allem mit wem zusammen? Zu viele dürfen es nicht sein und keinesfalls Stephan oder Dampfwalze oder Ottokar. Ja, es darf überhaupt keiner von den großen Rittern dabei sein! Sonst nehmen sie mir die Sache aus der Hand. Die haben ja von dem bevorstehenden Besuch offenbar keine Ahnung! Ich muss mir etwas ausdenken, was ich mit ein paar von den Kleineren machen kann, sagte er sich. Hoffentlich erzählt Sonja niemandem etwas.

Wären Eugen und Pummel nicht so mit ihrem Segelflugzeug beschäftigt gewesen und Stephan mit seinem Training, hätten sie eigentlich merken müssen, wie still ihr Zimmergenosse Andi auf einmal geworden war. Bei der Liegestunde und abends vor dem Schlafen wälzte er die Chronik, las und las über sämtliche Streiche, die je auf der Burg gemacht worden waren. Selbstverständlich hätte er sich auch allein etwas ausdenken können. Um aber ganz ohne

Vorbilder zu arbeiten, fühlte er sich einfach noch zu neu. Denn ein richtiger Schreckensteiner Streich war eine schwierige Sache. Er musste witzig sein, und es durfte nichts und niemand dabei zu Schaden kommen.

Sein Eifer war nicht umsonst. Eines Nachts wachte er auf und hatte die Idee! Oder wenigstens einen Zipfel davon: die Rüstungen im Rittersaal! Damit ließ sich etwas machen! Wie damals, als sie Stephan in so ein Blechding eingesperrt und zum Dauerlauf in den Prinzengarten geschleppt hatten. Etwas mit den Rüstungen musste es sein.

Auf der Suche nach diesem Etwas, das mit den Rüstungen anzustellen sei, öffnete ihm der Zufall die Tür. Das heißt, sie stand schon offen: die Tür zum Rittersaal. Andi kam mit dem Kleinholz, das er jeden Vormittag für die Küche zum Anheizen des Herdes spalten musste, die Treppe hinauf. Da sah er im Rittersaal Jean auf den Knien im Schweiße seines Angesichts das Parkett wachsen.

„Schau nicht so. Hilf mir lieber“, brummte Jean gar nicht vornehm.

„Warum nicht?“, antwortete Andi freundlich. „Ich bringe nur rasch das Kleinholz rauf, dann komme ich.“

Fünf Minuten später kniete er neben Jean und wachste, als sei er eine gelernte Raumpflegerin.

„So was ist mir noch nicht passiert", sagte Jean kopfschüttelnd und schon viel vornehmer. „Aber du bist eben noch neu hier. Die alten Ritter würden das nicht tun. Die haben nur Unsinn im Kopf!"

Demnach wäre ich ja ein besonders alter Ritter, dachte Andi und überlegte, was er antworten könne, um ja keinen Verdacht zu erregen. Sein rechter Arm wurde immer schwerer.

„Parkettwachsen ist ein prima Armtraining", sagte er und war auch davon überzeugt. „Und wie ich meine Trainingspause ausnutze, ist ja mir überlassen. Wenn es Ihnen recht ist, komme ich morgen wieder."

„Du hast eine sehr noble Auffassung vom Sport", lobte Jean. Er hatte seinen Lappen beiseitegelegt und sah Andi beim Arbeiten zu.

Andi wachste den Boden zu Ende und zählte dabei die ringsherum an den Wänden aufgestellten Rüstungen. Jean hielt ihm bei Bedarf die Dose mit dem Parkettwachs hin, so formvollendet, als handle es sich um ein Silbertablett mit Kaviarbrötchen. Er war sichtlich zufrieden, dass ihm einer Gesellschaft leistete. Noch dazu auf so nützliche Art.

Ohne dass Andi ihn gefragt hatte, berichtete er von dem bevorstehenden Familienbesuch. „Die hohen Herrschaften treffen morgens um elf Uhr von Neustadt kommend hier ein, dreiundzwanzig Personen. Eventuell vierundzwanzig, falls die Markgräfin von Pipslingen bis dahin wieder gesund ist. Der Graf empfängt in der Bibliothek, elf Uhr dreißig reiche ich dann ein Sektfrühstück hier im Rittersaal. Was meinst du, was da los ist."

Da war auch Andis Gedanke: Da musste etwas los sein! Am nächsten Morgen kam er wieder während der Trainingspause, um Jean behilflich zu sein. Diesmal empfing ihn der vornehme Diener in gestreifter Weste mit schwarzen Ärmeln.

„Ich habe dir den Bohner bereitgestellt. Das Wachs ist über Nacht eingezogen, und du darfst es jetzt blank bohnern. Du wirst sehen, das ist ein ausgezeichnetes Training für deine Arme." Und er fuhr fort, die Rüstungen abzustauben.

Andi blockte mit Eifer und musste ihm recht geben.

„Brav, brav", lobte Jean, als er fertig war. „Da werden sich die hohen Herrschaften freuen! Zum Dank werde ich dir auch eine Zigarre und ein Glas Sekt auf die Seite tun."

… und Jean fuhr fort, die Rüstungen abzustauben.

„Nein, lieber nicht“, sagte Andi, denn die Ritter rauchten nicht und tranken auch keinen Alkohol. Sie waren stolz darauf, diesen Verweichlichungen zu widerstehen. Doch dafür hatte Jean bestimmt kein Verständnis. Deshalb fügte er noch hinzu: „Ich bin Sportler im Training.“

„Gut“, sagte Jean. „Dann darfst du dir etwas anderes wünschen.“

Das ließ Andi sich nicht zweimal sagen. „Wenn ich mal so eine Rüstung anlegen dürfte … Ich habe noch eine Viertelstunde Zeit.“

„Aber selbstverständlich“, sagte Jean und half ihm, eine passende zu finden. „Das ist gar nicht so einfach, du bist schon ziemlich groß. Vor fünfhundert Jahren waren die Leute viel kleiner.“

Wie ein General, der die Front abschreitet, ging Andi von Rüstung zu Rüstung.

„Die da müsste passen“, sagte er und blieb vor einem Rittergewand mit prächtigem rotem Helmbusch stehen.

„Da hast du dir die richtige ausgesucht.“ Jean lachte. „Das ist die vom Wilden Eberhard.“

Er nahm die einzelnen Teile von dem Holzgestell und half Andi hinein.

„Die wiegt aber ganz schön“, sagte Andi, nachdem er die ersten Schritte getan hatte. „Und die Sicht ist auch nicht übermäßig gut.“

„Dafür siehst du fabelhaft aus. Wie der Wilde Eberhard persönlich. Ein Ritter ohne Furcht und Tadel.“

„Schade, dass man sich hier nirgendwo sehen

kann“, sagte Andi, und seine Stimme klang wie aus einem uralten Trichtergrammofon.

„Warte, ich hole dir einen Spiegel.“ Jean ging hinaus.

Andi klappte das Visier hoch, das aber gleich wieder herunterfiel. War vielleicht doch keine gute Idee, dachte er. In dem Ding kann man nicht viel machen. Aber da kam ihm schon ein neuer Einfall. So rasch es die Rüstung erlaubte, räumte er das Gestell weg, auf dem sie sonst hing, und stellte sich in die Lücke zwischen die anderen Rüstungen. Dann nahm er seinen Helm ab und vertauschte ihn gegen den seines linken Nachbarn, der einen gelben Federbusch trug. Er war gerade fertig, da kam Jean mit dem Spiegel zurück. Andi stand unbeweglich.

„Wo bist du denn?“, fragte Jean und sah sich um.

Andi musste lachen hinter seinem Visier, verhielt sich aber mucksmäuschenstill.

„Andi, bist du noch da?“, fragte Jean, ging ans Fenster und schaute hinunter in den Burghof.

Andi gab einen hohen Piepston von sich.

Jean fuhr herum. „Ach, da bist du ja. Natürlich. Hätte ich mir doch denken können.“ Mit diesen Worten kam er herüber, stellte sich vor der Reihe der Rüstungen auf und hielt den Spiegel hoch. „Na, wie gefällst du dir?“

Andi klapperte vor Lachen in allen Scharnieren. Denn Jean hielt nicht ihm, sondern seinem Nachbarn den Spiegel hin. Er war auf den roten Helmbusch hereingefallen.

„Du Schlingel“, sagte Jean lachend, als er seinen Irrtum bemerkte. „Hast mich reingelegt. Wenn's heute noch Ritter gäbe, hätten sie bestimmt Nummernschilder wie die Autos.“

„Es gibt noch Ritter!“, antwortete Andi, trat vor den Spiegel und betrachtete selbstvergessen sein gepanzertes Ebenbild.

Am Abend nach dem Essen zog er den kleinen Herbert am Ärmel. „Bleib mal einen Moment da. Ich muss dich sprechen.“

„Was gibt's denn?“, fragte der kleine Herbert.

„Das wirst du gleich sehen. Warte, bis die anderen draußen sind.“

„Du willst mich wohl verulken?“, sagte der kleine Herbert und sah misstrauisch an ihm hoch.

„Nein. Nicht dich. Sondern die andern. Mit dir.“

Da wurde der kleine Herbert noch misstrauischer. „Warum ausgerechnet mit mir? Bei den Größeren traust du dich wohl nicht?“

„Ich brauche dich“, sagte Andi bestimmt. „Deine Größe ist entscheidend wichtig für das, was ich vorhabe. Aber erst versprich mir, dass du zu niemandem etwas sagst!“ Er hielt ihm die Hand hin.

Herbert schlug ein. „Mein Ritterwort!“

Jetzt erzählte Andi, was er vorhatte.

Der kleine Herbert taute zusehends auf. Schließlich sagte er strahlend: „Mensch, toll, Andi! Du bist prima. So kommen wir Kleinen auch mal zum Zug. Na, die werden Augen machen! Von wegen Schwung und so.“

Und er versprach unter dem Siegel der Verschwiegenheit, den kleinen Egon, den kleinen Kuno und den kleinen Eberhard unter dem Siegel der Verschwiegenheit in das große Vorhaben einzuweihen.

Da der Rittersaal im Allgemeinen abgeschlossen war, wurde Eberhard beauftragt, sich Dampfwalzes Dietriche auszuleihen. Zwar hatten Stephan und Ottokar ebenfalls ganze Bünde von Nachschlüsseln, aber sie waren cleverer und würden leichter Verdacht schöpfen. Dampfwalze dagegen wurde nicht umsonst der „Muskelprotz mit Spatzenhirn“ genannt. Und Eberhard war von den Kleinen der schmächtigste; bei ihm würde er bestimmt nicht an einen Streich denken. Und so kam es auch.

„Du?“, fragte Dampfwalze und lachte laut. „Wozu brauchst du denn Dietriche?“

„Ich will ein Schloss aufmachen“, antwortete der kleine Eberhard. „Ich habe da einen Anzug, an den ich nicht mehr rankomme.“

„Das kann auch nur dir passieren“, sagte Dampfwalze und gab ihm den Bund. „Sperr aber schön wieder ab. Sonst zieht es und du erkältest dich!“

Eberhard war solche Scherze gewohnt. Nie zuvor aber hatte ihm einer solche Genugtuung bereitet.

Die kleinen Ritter konnten nachts vor Aufregung kaum noch schlafen. Erst im Unterricht überfiel sie bleierne Müdigkeit. Der Plan war von Andi genau ausgearbeitet; es konnte nichts schiefgehen.

Da rief der Rex am Vorabend die Schule zu einer Schulversammlung im Wohnzimmer zusammen. Er sprach über das Familientreffen derer von Schreckenstein und bat sich für die Tage des Besuches ordentliches und vor allem weniger lautstarkes Benehmen aus. Im Hinausgehen drängte sich Andi in die Nähe der führenden Ritter, um zu hören, ob sie vielleicht doch in letzter Minute einen Plan ausheckten.

Aber Ottokar sagte nur: „Jetzt sollen wir uns auch noch drei Tage ruhig verhalten!“

Worauf Klaus, der Witzbold, bemerkte: „Dann ist das Altersheim komplett. Es sei denn, dass Mücke plötzlich Schwung bekommt."

Alle lachten. Doch dabei blieb es.

Am nächsten Morgen stand Andi früher auf. zog Trainingshosen und einen dicken Pullover an, als müsse er nach Wampoldsreuthe marschieren. Aber er ging nur die Treppe hinunter und schloss heimlich den Rittersaal auf. In Abständen von fünf Minuten folgten der Reihe nach: Herbert, Egon, Kuno und Eberhard. Hinter ihm schloss Andi wieder ab. Wie er von Jean wusste, sollten die Vorbereitungen für das kalte Büfett nicht vor neun Uhr beginnen.

„Legt euch flach", sagte er, „und verhaltet euch leise. Ich sage euch, wenn es so weit ist. Wir müssen noch lange genug stehen."

Die kleinen Ritter, die sich inzwischen passende Rüstungen ausgesucht hatten, legten sich auf den Boden.

Nur Kuno hatte noch eine Frage: „Und was ist, wenn sie uns suchen?"

Andi lächelte wohlwollend wie ein Lehrer, der etwas erklärt. „Ist alles geregelt. Ottokar hat von mir einen Zettel. Er verliest beim Frühstück unsere Namen und sagt, dass wir uns im Laufe des Vormittags im Krankenquartier melden sollen. Da die Schwester später frühstückt, vermisst sie uns nicht, und die andern, die uns vermissen, denken, wir wären schon dort."

„Mensch", brummte Kuno anerkennend und legte sich lang.

Die Zeit wollte und wollte nicht vergehen. Aber schließlich tat sie es doch. Viertel vor neun kletterten die kleinen Ritter in ihre Rüstungen und stellten sich, nachdem sie die hölzernen Ständer im Rauchabzug des großen Kamins versteckt hatten, auf ihre Plätze. Auf der Breitseite in der Mitte Andi als Wilder Eberhard, ihm gegenüber zwischen den Fenstern zum Burghof der kleine Eberhard, an der Stirnseite rechts und links vom Kamin Egon und Kuno und am anderen Ende neben der Tür zum Treppenhaus der kleine Herbert mit dem riesigen Topfhelm als „Ritter Wasserkopf", wie er sich selber nannte.

Jean und die gräfliche Köchin erschienen mit einem Korb voll Gläser und Geschirr, stellten ihn ab, gingen, und es dauerte endlos, bis sie wiederkamen.

Die Rüstungen fingen an zu drücken und zu zwicken, unter den Visieren wurde es schwül, das Kreuz und die Füße taten weh, aber bis auf ein Verlagern des Gewichts, ein Drehen der Arme oder des Kopfes wagten die fünf keine Veränderung. Jeden Augenblick konnte jemand hereinkommen, den sie bei ihrer behinderten Sicht nicht gleich bemerkten. In diesen Stunden erfuhren die jungen Ritter vieles über die täglichen Leiden ihrer Vorbilder.

Endlich brachten Jean und die Köchin den Sekt und die Platten brachten, war alle Mühsal vergessen.

Endlich kamen die hohen Herrschaften. Gemessenen Schrittes, sich eifrig unterhaltend, strebten sie dem Büfett zu, nahmen sich etwas zu essen oder zu trinken oder beides und verteilten sich in kleineren Gruppen überall im Saal.

„Nehmt nur, nehmt ordentlich, es ist genug da", ermunterte Graf Mauersäge seine Verwandten.

Jean ging mit einer Sektflasche von einem zum andern, um nachzuschenken.

Eisern standen die Ritter. Eigentlich war alles viel einfacher, als sie gedacht hatten. Von den Gesprächen war kaum etwas zu verstehen. Einerseits wegen der Helme, andererseits weil alle durcheinandersprachen. Eines fiel den Rittern dabei auf: Die Namen, bei denen sie einander immer und immer wieder nannten. Sie waren richtig kindisch: Bibi und Fipsi, Mucki und Mecki, Alfi, Fritzi, Pupsi, Gusti und Nicki. Nur eine hagere, alte Dame, mit einer schmalen Hakennase wie Mauersäge, hatte einen richtigen Namen: Tante Clothilde. Auch zwei Kinder gehörten zur Gesellschaft, ein Junge und ein Mädchen. Andi ahnte gleich nichts Gutes und beschloss, sie im Auge zu behalten. Aber sie blieben am Büfett und stopften recht unfein Brötchen in sich hinein. Und wenn sie gerade nicht futterten, tranken sie Limonade.

Die Erwachsenen, die reichlich Sekt tranken, wurden immer lauter und lustiger, dass es die Ritter wagen konnten, von Zeit zu Zeit das Gewicht zu verlagern oder sich vorsichtig zu strecken. Fast wurde es schon ein bisschen langweilig, und Andi war drauf und dran, das Zeichen zur großen Überraschung zu geben.

Aber da kam Tante Clothilde mit dem kahlen Nicki und blieb unmittelbar vor ihm stehen. In der einen Hand das Sektglas, in der anderen ihre Handtasche, sagte sie: „Ach, Nicki, Guter, besorg mir doch mal eine Zigarre."

Nicki trat an das Büfett, nahm eine Zigarre aus der Kiste, schnitt das Ende ab und brachte sie Tante Clothilde.

„Ah, Vasco da Gama Eminentes, meine Lieblingsmarke!“, strahlte sie, steckte das kaffeebraune Monstrum zwischen ihre langen Hamsterzähne und ließ sich von Nicki Feuer gehen.

„Danke, Bester, danke.“ Und sie blies eine Rauchwolke genau in Andis Visier, dass er den Atem anhalten musste, um nicht zu husten. Dann redete sie, redete, zog an der Zigarre, redete weiter, zog, redete, zog.

Der kahle Nicki tat das einzig Vernünftige: Er nickte und trank. Als die Aschenspitze an Tante Clothildes Zigarre eine beachtliche Länge erreicht hatte, sah sie sich, ohne ihren Redefluss zu unterbrechen, nach einem Aschenbecher um. Nicki, der gerade trank, merkte es nicht, worauf Tante Clothilde die Zigarre kurz entschlossen in einen Schlitz von Andis Visier steckte und die Aschenspitze abstreifte. Genau vor Andis linkem Auge fiel die Spitze in den Helm und rutschte hinunter in seinen offenen Hemdkragen.

Ein Glück, dass das nicht die ganze Zigarre war!, dachte Andi, als sein Blick auf den kleinen Herbert fiel. Ihm ging es noch schlimmer. Die beiden Kinder hatten seinen riesigen Topfhelm entdeckt und bemühten sich, ihn herunterzunehmen. Gerade noch rechtzeitig kam eine jüngere Dame dazu und verbot ihnen, mit den Rüstungen zu spielen. Egon, Kuno und Eberhard wurden nicht behelligt.

Wenn nur die Tante gehen wollte, damit wir endlich anfangen können! Aber Tante Clothilde redete weiter auf den kahlen Nicki ein und verwendete Andis Visier als Aschenbecher. Die Asche rieselte ihm bereits bis zum Nabel hinunter.

„Jetzt muss ich mit Pupsi sprechen“, sagte sie plötzlich.

Andi freute sich schon. Doch da geschah es: Tante Clothilde trank ihr Glas aus, klappte sein Visier einen Spalt auf und warf die ganze Zigarre hinein. Oh nein!

Ein heldenhafter Kampf begann, der jedem Ritter zur Ehre gereicht hätte. Die Zigarre brannte nämlich noch. Sie lag quer über seiner Nase mit dem glühenden Ende nach rechts. Im Nu füllte sich das Innere des Helms mit Qualm. Andi schloss die Augen und hielt den Atem an. Lange halte ich das nicht aus, dachte er. Zwar brennt mich die Zigarre in dieser Lage nicht, aber was ist, wenn man sieht, wie der Rauch aus dem Visier aufsteigt? Dann sind wir verraten, noch bevor der Streich angefangen hat! Ich muss sehen, dass ich sie weiter hinunter bugsiere.

Aber wie, ohne mich zu verbrennen? Ich muss es drauf ankommen lassen!

Er bewegte die Nasenspitze, schnitt Grimassen, doch die Zigarre schien festgeklemmt. Vorsichtig bog er den Kopf zurück. Sie rührte sich nicht. Da hob er das Kinn und pustete aus Leibeskräften. Endlich fiel sie herunter, brannte ihn am Kinn, rutschte weiter. Links neben seinem Kehlkopf wurde es heiß, brannte aber nicht.

Da hab ich noch mal Glück gehabt!, sagte er sich. Anscheinend liegt sie auf meinem Kragen. Jetzt nur nicht bewegen, damit sie nicht weiterrutscht, bevor sie ausgegangen ist!

Er blinzelte, musste aber das linke Auge gleich wieder zumachen. Vorsichtig, um ja nicht husten zu müssen, atmete er durch den rechten Mundwinkel. Ein Glück, auf dieser Seite war die Luft rein. Es wurde zwar immer wärmer im Helm, aber er konnte wenigstens atmen. Als die Anspannung sich löste, kam ihm ein Gedanke, dass er fast hinausgelacht hätte: Ritter mit Heizung – eine ideale Lösung für Feldzüge im Winter.

Der Rauch wurde weniger, er sah sich um. Niemand schien seinen stillen Kampf bemerkt zu haben. Endlich ging die Zigarre aus. Langsam und mit nur wenig Druck blies Andi den restlichen Rauch durch das Visier und holte erst einmal tief Luft. Jetzt konnte es losgehen!

Nachdem er sich überzeugt hatte, dass niemand zu sehr in seiner Nähe stand oder gerade herüberschaute, gab er verabredungsgemäß die ersten Laute von sich: ein vorher geübtes Hundeknurren. Niemand schien ihn gehört zu haben. Andi knurrte erneut. Diesmal etwas lauter. Einige drehten sich um, schauten auf den Boden und sprachen weiter. Da kam von der gegenüberliegenden Seite vom kleinen Eberhard ein helles Bellen. Jetzt drehte sich auch Mauersäge um. Darauf knurrte es rechts vom Kamin, unverkennbar Egon, der das am besten konnte. Dann gegenüber neben der Tür. Allmählich wurden alle Gäste aufmerksam. Ihren Gesten nach sprachen sie darüber, dass hier wohl irgendwo ein Hund sein müsse. Einige, darunter auch die beiden Kinder, gingen zur Tür, um nachzusehen, ob das Knurren vielleicht von draußen käme. In diesem Augenblick knurrte Kuno, links neben dem Kamin.

Tante Clothilde deutete in seine Richtung und rief: „Hier muss der Köter sein. Offenbar hinter den Rüstungen."

Einige traten näher, bückten sich, um nachzusehen.

„Hier ist er nicht", sagte die jüngere Dame, die zuvor die beiden Kinder daran gehindert hatte, dem kleinen Herbert den Wasserkopfhelm abzunehmen.

Kaum hatte sie das gesagt, bellte Andi so laut, dass er schon dachte, er hätte sich verraten. Aber die hohen Herrschaften zeigten sich belustigt. Sie lachten, bückten sich, liefen vor den aufgestellten Rüstungen auf und ab und suchten weiter nach dem vermeintlichen Hund.

Der Plan der Ritter war der, die Gäste durch Knurren und Bellen irrezuführen. Dann vorzutreten, die Schrecksekunde zu nutzen, ein Kaviarbrötchen oder eine Hühnerkeule zu stibitzen und mit diesen Trophäen in der Hand während des Mittagessens im Esssaal einzuziehen. In voller Rüstung!

Doch so weit war es noch nicht. Der kleine Eberhard hatte schon wieder gebellt, Herbert geknurrt und Egon ein böses, in Bellen übergehendes Brummen von sich gegeben. Die Besucher befanden sich bereits in einem regelrechten Rundlauf auf der Suche nach dem Vierbeiner. Wo das letzte Hundegeräusch herkam, strebten sie hin, bückten sich, stießen Lockrufe aus. Manche hielten sogar Fleischhäppchen bereit, was die kleinen Ritter besonders belustigte. Und allen voran Tante Clothilde! Sie hatte offensichtlich den meisten Spaß an der Verfolgung.

Die Ritter steigerten das Tempo. In immer kürzeren Abständen kamen die Hundelaute. Tante Clothilde, gerade auf dem Weg zu Andi, drehte sich, so rasch es das spiegelblanke Parkett erlaubte, um und steuerte auf Kuno zu, der beim Knurren mit der Rüstung klapperte, dass es sich anhörte wie ein leibhaftiger Kettenhund.

Zum Abbremsen war es zu spät. Wie auf einer Eisbahn rutschte Tante Clothilde dem unbeweglichen Kuno entgegen, laut scheppernd schlug die Rüstung gegen die Wand, Tante Clothilde hob die Arme, fand an dem glatten Blech jedoch keinen Halt und glitt sanft zu Boden!

Das kommt davon, wenn man unbescholtenen Rittern Zigarren ins Visier schmeißt, dachte Andi, während die Verwandtschaft hinzueilte, um der Gestrauchelten aufzuhelfen. Doch sie kam zu spät. Kuno, als Ritter und Kavalier, hatte sich bereits gebückt und die unbeschädigte Tante auf ihre dünnen Beine gestellt.

„Bei dir spukt es ja!“, sagte Nicki zu Mauersäge.

Kuno öffnete das Visier und rief: „Aber nur ein bisschen.“

Zuerst waren die hohen Herrschaften platt. Dann brachen sie in Gelächter aus.

„Das kommt davon, wenn man eine Schule im Schloss hat“, rief die jüngere Dame.

Alle umringten Kuno und redeten auf ihn ein. Andi überlegte, was er tun solle, und wartete. Und da er sich nicht rührte, blieben, wie abgemacht, auch Egon, Eberhard und der kleine Herbert unbewegt auf ihren Plätzen. Bis sich aus dem Kreis um Kuno einige lösten, an den Wänden entlanggingen und alle Visiere aufklappten.

„Da ist noch so ein Köter!“, rief einer von ihnen, der Egon entdeckt hatte.

Jetzt trat Andi vor, klappte sein Visier auf und verkündete: „Hier auch! Und da sind noch zwei!“.

Er winkte Eberhard und Herbert zu sich, und gewichtigen Schrittes traten die Ritter der Gesellschaft entgegen.

Tante Clothilde schüttelte immer wieder den Kopf. „Fabelhaft, fabelhaft! Das nenne ich eine gelungene Überraschung.“ Und zu Mauersäge gewandt, fügte sie hinzu: „So lustig war es noch nie bei dir!“

„Da hast du … ks … recht“, lachte Graf Mauersäge und schaltete in einen unerwartet freundlichen Gang. Dann wandte er sich an die Ritter. „Aber sagt mal, wie habt ihr das … ks … nur gemacht? Woher … ks … wusstet ihr überhaupt, wann wir … ks …?“

Andi sah zu Jean hinüber, der sich verblüfft an einer Sektflasche festhielt.

Da ging ein Lächeln über das Gesicht des Dieners. Er deutete auf Andi und sagte in vollendet vornehmer Ausdrucksweise: „Andi war so freundlich, mir beim Bohnern des Parketts zu helfen. Dabei ließ er sich über den Anlass meiner Vorbereitungen berichten.“

Alle lachten. Am lautesten wieder Tante Clothilde. „Kannst du nicht mal in den Ferien zu mir kommen? Meine Böden hätten es dringend nötig.“

In der allgemeinen guten Laune ging Graf Mauersäge von einem zum andern und schüttelte die eisernen Hände. „Geht zum Büfett und nehmt euch ordentlich.“

Das ließen sich die Ritter nicht zweimal sagen. Es war erstaunlich, wie schnell die Hühnerkeulen und Kaviarbrötchen hinter den Visieren verschwanden. Nur Herbert musste zum Essen seinen eisernen Wasserkopf abnehmen. Topfhelme haben zwar Augenschlitze, aber kein Visier.

Andi trank gerade ein großes Glas Limonade auf einen Zug aus, als Tante Clothilde zu ihm trat. „Sag mal, Andi, bei deinem roten Helmbusch fällt mir etwas ein, was … ich weiß nicht, wie ich es sagen soll.“ Besorgt sah sie ihn an.

Andi stellte sein Glas weg und lächelte. „Es war nicht so schlimm“, sagte er. „Sie ist rechtzeitig ausgegangen.“

„Na, ein Glück!“ Tante Clothilde atmete sichtlich auf. „Das bleibt aber unter uns.“

„Auf mein Ritterwort“, versicherte Andi.

Und während sich die Verwandten wieder ihrer Unterhaltung widmeten, kam Mauersäge noch einmal herüber.

„Das habt ihr … ks … fein gemacht. Vor allem der blanke Boden! So hat er bei Jean noch nie geglänzt. Das muss … ks … belohnt werden. Wenn ihr noch einen … ks … Wunsch habt?“

„Den hätten wir schon“, sagte Andi freimütig. „Wenn wir rasch in die Schule rüberdürften. In den Rüstungen. Nur fünf Minuten!“

Die Schreckensteiner saßen im Esssaal beim Mittagessen. Ein immer lauter werdendes Klappern ließ sie aufschauen. Sie staunten nicht schlecht, als die fünf Ritter im Gänsemarsch hereinkamen und mit Hühnerkeulen winkend durch den Saal marschierten. Erst vor dem Mitteltisch machten sie Halt.

„Wo kommt ihr denn her?“, fragte der Rex erstaunt.

„Vom Cocktail bei der gräflichen Familie!“, rief Herbert.

Belustigt erkundigte sich der Rex nach den näheren Umständen. Was sie angestellt hätten und wie und ob auch nichts dabei kaputtgegangen sei. Die Mitschüler waren von ihren Plätzen aufgestanden und drängten sich im Kreis, um ja kein Wort zu versäumen.

„Das nenne ich einen gelungenen Streich!“, lobte der Rex, als sie alles erzählt hatten.

Und unter allgemeinem Beifall marschierten die gepanzerten Helden des Tages zum Esssaal hinaus.

Im Gänsemarsch erschienen die fünf Ritter und schwenkten die Hühnerkeulen.

Ein Streich kommt selten allein

Am Sonntagnachmittag wurden Andi und seine kleinen Helfer von Doktor Waldmann zum Tee eingeladen.

Sonja war von Schloss Rosenfels herübergekommen und sprudelte vor Begeisterung: „Wir haben uns kaputtgelacht drüben. Sogar Fräulein Doktor Horn meinte, das sei ja mal ein netter Streich gewesen. Und sie ist sonst gar nicht für solche Unternehmungen."

Doktor Waldmann wiegte bedächtig den Kopf hin und her. „Ich bin gespannt, wie das weitergeht", sagte er.

„Wie meinen Sie das, Doktor?", fragte der kleine Herbert. Er war der Einzige, der gerade den Mund leer hatte. Alle anderen kauten an Sonjas wunderbarem Kuchen.

„Ich meine, dass ein Streich selten allein kommt", fuhr der Doktor fort. „Wer einen leichten Schlaf hat, kann in den nächsten Nächten bestimmt einiges hören."

„Da müssen wir uns ja vorsehen", sagte Sonja.

„Womöglich kommen sie wieder mal zu uns herüber.“

Andi hörte auf zu kauen. Ein Streich gegen die Mädchen von Rosenfels! Warum nicht? Schließlich hatte ihn Sonja schon einmal auf eine gute Idee gebracht.

Auch Herbert, Egon, Kuno und Eberhard wirkten recht nachdenklich. Sie brüteten jedoch an keinem bestimmten Streich, sondern nahmen sich nur vor, in den kommenden Nächten einen besonders leichten Schlaf zu haben.

„Wenn nur der Unterricht nicht darunter leidet!“, sagte der Doktor.

Satt von Sonjas wunderbarem Kuchen, dem beim Abendessen fünf hart gekochte Eier in Senfsoße gefolgt waren, lag Andi in seinem Bett und schlief wie ein Murmeltier. Der kleine Herbert kam hereingeschlichen und hatte alle Mühe, ihn wach zu rütteln.

„Was ist denn los?“, fragte Andi ziemlich laut und fuhr hoch.

„Pst“, flüsterte der kleine Herbert. „Du weckst ja die andern!“

Mit angehaltenem Atem lauschten beide in die Dunkelheit. Nichts war zu hören. Da schaltete der kleine Herbert seine Taschenlampe ein, hielt den Lichtkegel so, dass nur ein schmaler Lichtspalt zwischen seinen Fingern hinausdrang, und schwenkte ihn über die Betten von Stephan, Pummel und Eugen. Sie waren leer.

„Mensch“, sagte Andi. „Gut, dass du mich geweckt hast. Die sind alle unterwegs!“

„Bei mir auch“, antwortete der kleine Herbert. „Deswegen bin ich ja gekommen. Ich war wach, als sie aufstanden: Dampfwalze, Dieter und Hans-Jürgen.“

„Was?“, sagte Andi erstaunt. „Seit wann machen Dampfwalze und Stephan denn was zusammen?“

„Da hast du recht, Mann! Es wären ja zwei Streiche im Gange!.“

„Und die werden wir uns keinesfalls entgehen lassen!“

Mit diesen Worten sprang Andi aus dem Bett, zog Trainingshose, Turnschuhe und einen Pullover an und nahm seine Taschenlampe aus der Schublade.

Wie zwei schwarze Katzen schlichen sie die Treppe hinunter. Im Burghof war niemand zu sehen und zu hören. Also gingen sie durch das Tor zum Sportplatz hinaus.

„Irgendwo müssen sie doch sein“, flüsterte der kleine Herbert.

„Du hast heute einen besonders hellen Abend", antwortete Andi, blieb stehen und sah sich um. „Da! Hast du das gesehen?"

„Was? Wo?", fragte Herbert.

„Drunten am Steg", sagte Andi. „Wenn das kein Lichtschein war, darfst du wieder Häuptling Felgenbremse zu mir sagen. Weiter!"

Sie kamen an den steileren Hang. Der kleine Herbert wollte in unvermindertem Tempo hinunterlaufen, aber Andi hielt ihn zurück. „Halt! Erst ein bisschen beobachten. Vielleicht kriegen wir raus, was sie machen."

„Vorsichtig bist du wie eine alte Tante!", beklagte sich der kleine Herbert. Seit dem gelungenen Streich war er etwas übermütig geworden.

„Und was ist, wenn einer von hinten kommt? Dann sieht er unsere Schatten gegen den See! Also los!" Andi zog Herbert an den Rand eines Busches.

Wie recht er mit seiner Vorsicht hatte, sollte sich sogleich herausstellen. Zuerst sahen sie drunten am Steg eine Taschenlampe kurz aufflackern, in deren Schein Dampfwalzes schwere Gestalt deutlich auszumachen war. Er hantierte mit einem langen Kabel, das er vom Eisengeländer des Stegs hinüber zum Bootshaus auslegte. Plötzlich hörten sie ein Geräusch. Es klang, wie wenn ein Stein gegen einen anderen stößt, und kam von oberhalb. Andi legte den Finger an den Mund, um den dreisten Herbert zu dämpfen, und kroch mit ihm vorsichtig um den Busch herum. Aber nur so weit, dass sie den Hang hinaufschauen konnten.

Anfangs war nichts zu sehen. Das Auge musste sich erst auf die neuen Verhältnisse umstellen. Doch dann zeichneten sich plötzlich, wie aus dem Boden gewachsen, keine zehn Meter von ihnen entfernt, zwei Gestalten vom Nachthimmel ab. Unbeweglich standen sie da und schauten hinunter zum Steg.

„Kommt, hinter den Busch! Wenn einer den Hang raufkommt, sieht er uns womöglich!“, flüsterte eine Stimme. Die beiden Gestalten kamen näher, direkt auf Andi und Herbert zu, die schleunigst ihre Köpfe zurückzogen und sich an der zum See gewandten Seite zusammenkauerten.

Eine Weile blieb es still. Dann wieder eine Stimme: „Hast du ihn gesehen eben? Das war Dampfwalze. Er setzt das Geländer unter Strom.“

Ein leises Kichern. Dann die Stimme des andern: „Wenn die wüssten, dass die Mädchen gar nicht kommen!“

„War eine einmalige Idee mit dem falschen Warnbrief von Beatrix!“

Als dieser Name fiel, wusste Andi Bescheid. Die beiden hinter dem Busch mussten Stephan und Ottokar sein. Denn nur Stephan stand mit Beatrix in Verbindung. Andi hatte ihre Grüße ausgerichtet, und Stephan schien das gar nicht recht zu sein. Und wenn Stephan einen Streich macht – so schloss er weiter –, dann mit seinem Freund Ottokar.

„Wir können beruhigt an die Arbeit gehen“, sagte der eine wieder.

„Ab und zu schauen wir nach, ob sie noch da sind.“

Kein Zweifel, das war Stephan! Kaum hörbar entfernten sie sich wieder. Andi und Herbert krochen um das Gebüsch herum und sahen die beiden Gestalten gegen den Nachthimmel, bis die Dunkelheit sie schluckte.

„Mein lieber Schwan“, sagte der kleine Herbert und atmete nach der Anspannung erst einmal tief durch.

„Jetzt hast du gesehen, wie man so was macht“, erwiderte Andi. „Den Busch hier muss man sich jedenfalls merken. Da erfährt man ja einfach alles.“

„Wieso?“, fragte Herbert. „Hast du verstanden,

was sie gemeint haben mit dem Brief und so? Wer waren die zwei überhaupt?"

„Das waren Stephan und Ottokar", erklärte Andi geduldig. „Sie haben Dampfwalze auf eine falsche Fährte gelockt, damit er ihnen nicht in die Quere kommt. Sie müssen was Tolles vorhaben!"

Herbert stand auf und sagte sichtlich enttäuscht: „Mensch, dann sind wir hier ja auf dem ganz falschen Dampfer!"

„Du merkst auch alles", erwiderte Andi und schlich voran, den Weg zurück.

Jetzt mussten sie noch vorsichtiger sein als zuvor. Denn je näher sie der Burg kamen, desto schwieriger wurde es, vor dem dunklen Hintergrund der Mauern Gestalten auszumachen. Aus diesem Grund wählte der umsichtige Andi einen anderen Weg.

„Wo willst du eigentlich hin?", fragte Herbert, als sie den Waldrand erreicht hatten.

„Über die Zugbrücke", antwortete Andi. „Wir wissen ja nicht, wo sich die beiden rumtreiben!"

Vorsichtig näherten sie sich der Zugbrücke, warteten einen Augenblick, huschten hinüber, drückten sich an die Mauer des Torbogens, lauschten, tasteten sich vorwärts, ohne den Burghof auch nur eine Sekunde aus den Augen zu lassen. Hier brannte die Nachtbeleuchtung, eine schwache Birne auf der Mitte der Steintreppe, die zu dem Flur mit den Klassenzimmern hinaufführte. Einige der Schulräume lagen direkt über dem Torbogen, der in der Tiefe etwa fünfzehn Meter maß, wodurch er mehr einem Stollen als einem Tor glich. In der Mitte dieses Stollens, gegenüber der Wand, an der Andi und Herbert jetzt standen und in den Burghof schauten, war in einem ebenerdigen Kellerraum die Garage untergebracht. Hier standen die Feuerspritze, Mauersäges Pferde- und Benzinwagen sowie die Motorräder und Wagen der Lehrer.

Nichts rührte sich. Da, plötzlich ein leises Ächzen: Die Tore der Garage wurden von innen geöffnet. Andi und Herbert huschten an der Wand entlang ein Stück zurück, zur Zugbrücke hin, wo der Schein der Hofbeleuchtung sie nicht mehr treffen konnte. Es war allerhöchste Zeit. Schon kamen drei Gestalten aus der Garage und schoben ein Motorrad in den Burghof. Ihnen folgten weitere fünf mit einem kleinen Wagen. Es war, wie sich im matten Schein der Sparbeleuchtung erkennen ließ, Gießkannes alter Zweitakter.

Andi und Herbert warteten, ob noch weitere Ritter folgen würden, doch es blieb still.

„Was haben die nur vor? Wollen die vielleicht abhauen?“, fragte der kleine Herbert im Flüsterton.

Andi schüttelte den Kopf. „Dann wären sie nicht in den Hof gekurvt, sondern raus, über die Zugbrücke.“

„Und was machen wir jetzt?“, wollte Herbert wissen.

„Ihnen nachgehen. Was denn sonst?“

Andi fasste nach Herberts Hand und zog ihn hinter sich her in den Hof. Als sie wieder an die Stelle kamen, von wo sie die Treppe sehen konnten, blieb er stehen.

Das Bild, das sich ihnen bot, war selbst für einen hartgesottenen Ritter mehr als ungewöhnlich. Halb schiebend, halb tragend wuchteten dunkle Gestalten das Motorrad und Gießkannes Zweitakter die Steintreppe hinauf, ohne den geringsten Laut, ohne Keuchen oder irgendwelche Kommandos. Eine trotz der flachen Stufen imponierende Leistung.

„Mensch!“, flüsterte Herbert. „Das ist das Tollste, was hier je gemacht wurde! Wo wollen die nur hin mit den Dingern?“

„Das wird sich ja herausstellen. Frag nicht so viel. Wenn sie droben sind, schleichen wir hinterher.“

Sie warteten, bis auch das Auto hinter den Flügeltüren zum Schultrakt verschwunden war.

„Jetzt“, sagte Andi, und sie huschten an der Hauswand entlang zur Treppe. Dort hielten sie inne, sahen sich um, lauschten und krochen auf allen vieren im Schutz des Steingeländers an der Nachtbeleuchtung vorbei hinauf. Die Flügeltüren standen offen; im Flur war es dunkel. Wieder hielten sie inne und lauschten. Nichts war zu hören.

„Die müssen schon weiter sein“, flüsterte Andi und huschte hinein.

Der Klassentrakt war durch eine weitere Flügeltür von dem nächsten, sich quer daran anschließenden Flur getrennt. Auch diese Tür stand offen. Andi sah vorsichtig um die Ecke und prallte zurück.

„Da vorn sind sie“, flüsterte er. „Wir müssen warten.“ Und plötzlich meinte er: „Die sind ja wahnsinnig!“, doch es klang nach Bewunderung.

„Hast du etwas gesehen?“, fragte Herbert.

„Nein“, sagte Andi. „Ich habe nur das Dielenbrett krachen hören. Aber da der Flur Steinboden hat, bedeutet das, dass sie schon auf der nächsten Treppe sind.“

Vorsichtig tasteten sie sich von Schrank zu Schrank vorwärts bis zur Treppe. Wieder hörten sie das leise Ächzen eines Dielenbretts. Andi hatte sich nicht geirrt: Stephan, Ottokar und ihre Verbündeten besaßen tatsächlich die Kaltblütigkeit, die beiden Fahrzeuge geräuschlos in den zweiten Stock zu transportieren. Vorbei an den Zimmern der schlafenden Ritter! Aber wo wollten sie nur hin damit?

Jetzt war von oben das Geräusch eines Reifens zu hören, wie es entsteht, wenn Vorderräder bei stehendem Fahrzeug eingeschlagen werden. „Sie sind oben!“, flüsterte Andi. „Komm!“

Geräuschlos, immer zwei Stufen nehmend, tasteten sie sich am Geländer die Treppe hinauf bis zu dem mit Steinfliesen belegten Absatz und von dort in der entgegengesetzten Richtung weiter hinauf.

Als Andi oben angelangt war und um die Ecke sah, glaubte er seinen Augen nicht trauen zu können: Am Ende des Flurs stand die Doppeltür zum Esssaal weit offen. Drinnen, im fahlen Schein einer abgeblendeten Taschenlampe, wuchteten vier Mann gerade das Motorrad auf einen der Tische, auf dem Stephan stand, mit dem Fuß die Abstellstütze herunterklappte und die Maschine nach hinten zog.

An einem anderen Tisch legten Eugen und Pummel, die Andi jetzt deutlich erkennen konnte, zwei Profilbleche in Spurbreite an.

„Was ist das?“, fragte der kleine Herbert.

„Das sind die Ladeschienen vom Feuerwehrwagen, über die man den Handkarren mit dem langen Schlauch herunterlässt.“

Stephan und Ottokar hatten wirklich an alles gedacht. Gießkannes Wagen wurde mit den Vorderrädern auf die Schienen geschoben, so weit, bis auch die Hinterräder auf die Schräge kamen. Sofort wurden zwei Keile untergelegt, die ein Zurückrollen verhinderten, und gemächlich kurbelten zwei Ritter an zwei alten Wagenhebern die Schienen hinten hoch, bis es nur noch ein Kinderspiel war, den Wagen auf den Tisch zu schieben. Ottokar öffnete die Tür und zog die Handbremse an, während Stephan den Tisch in der Mitte durch zwei vorbereitete Holzstützen sicherte.

„Was machen wir jetzt?“, flüsterte Herbert.

„Schnell!“, konnte Andi gerade noch sagen. Er fasste Herbert am Arm und zog ihn mit sich fort.

Es war höchste Zeit: Stephan, Ottokar und ihre Helfer kamen aus dem Esssaal und gingen zur Treppe. Hinter zwei Schränken, mit angehaltenem Atem in die Ecke gepresst, warteten die beiden, bis die Großen vorbei waren.

„So. Und was machen wir jetzt?“, fragte der kleine Herbert schon wieder.

„Hast du nicht mal ’ne andere Frage?“, schimpfte Andi.

„Das ist sehr langweilig“, brummte Herbert. „Ich fände es viel lustiger, wenn wir Dampfwalze und seine Männer verständigten.“ Er hielt inne. „Nein, das geht doch nicht.“

„Eben“, erwiderte Andi. „Das wäre unfair.“ Und nach einer Weile sagte er: „Eines steht fest: Die kommen wieder, sonst hätten sie nicht alles offen gelassen. Verstecken wir uns in der Nähe und warten ab.“

Sie schlichen in den Esssaal, beleuchteten vorsichtig den Aufbau und nickten anerkennend. Dabei fiel der Strahl der Taschenlampe auf einen ganzen Stapel weiterer Stützhölzer.

„Da, schau mal!“, sagte Andi. „Glaubst du mir jetzt, dass sie wiederkommen?“

Auf der Suche nach einem geeigneten Versteck kamen sie an den riesigen alten Schrank, der an der Stirnseite des Saals aufgestellt war.

„Und was machen wir jetzt?“, fragte Herbert leise.

„Da droben wären wir sicher und könnten zuschauen wie aus einer Loge“, flüsterte Andi.

Sie kletterten hinauf.

Der Schrank hatte an der Vorderseite eine geschweifte Verzierung, welche die Deckplatte um etwa einen halben Meter überragte. Andi und Herbert legten sich nebeneinander und zogen die Beine an. So waren sie von unten nicht zu sehen, konnten aber, wenn sie die Köpfe hoben, bequem über die Verzierung hinunterschauen.

Es dauerte eine Weile, bis die Ritter wiederkamen. Diesmal brachten sie das Motorrad von Schießbude, eine ziemlich schwere Maschine, und den Sportwagen von Doktor Schüler, dem rasenden Lateinlehrer.

Der kleine Herbert blinzelte über die Verzierung. „Mensch, du, Ottokar ist nicht mehr dabei“, flüsterte er.

„Der wird nach Dampfwalze schauen“, meinte Andi mit beruhigender Stimme.

Die Handgriffe der Ritter klappten, als wäre es seit Jahren ihre Hauptbeschäftigung, Fahrzeuge auf Tische zu hieven, statt in der Schule zu lernen. Aber vielleicht waren sie gerade durch das tägliche Gehirntraining auf die gute Idee mit den Schienen und Wagenhebern gekommen. Dem Muskelprotz mit Spatzenhirn wäre das bestimmt nicht eingefallen, dachte Andi.

Ottokar kam herein und lachte unvorsichtig laut. „Die sitzen immer noch schön brav im Bootshaus und warten auf die Mädchen."

„Trotzdem müssen wir uns beeilen", antwortete Stephan.

Das Transportunternehmen zog ab. Andi und der kleine Herbert richteten sich auf.

„Wollen wir einen Motor anlassen?", fragte Herbert. „Ich weiß, wie man das macht. Auch ohne Zündschlüssel."

„Wenn du hier oben überschnappst, sperr ich dich in den Schrank", sagte Andi.

Doch Herbert gab noch nicht auf. „Aber irgendwie sollen sie doch merken, dass wir sie entdeckt haben."

„Sehr richtig", sagte Andi ruhig. „Deswegen warten wir, bis alles beendet ist. Dann lassen wir uns in aller Ruhe etwas einfallen."

Das Transportunternehmen kehrte zurück. Die Unermüdlichen hatten es tatsächlich geschafft, das größte Lehrerfahrzeug, den Wagen vom Rex, heraufzubringen. Das war selbst bei den breiten und sehr flachen Treppen eine unglaubliche Leistung. Nach bewährter Methode hievten sie das Auto auf den runden Mitteltisch.

„So“, schnaufte Stephan schwer. „Die werden staunen! Ich schaue jetzt nach Dampfwalze, damit nicht im letzten Moment noch etwas dazwischenkommt. Ihr deckt die Tische für das Frühstück – und dann ab in die Betten!“

Den Lauschern auf dem Schrank stockte der Atem. Das Frühstücksgeschirr befand sich direkt unter ihnen. Drei, vier Ritter kamen herüber, öffneten die Schranktüren, nahmen Teller und Becher heraus und begannen damit, um die fünf Fahrzeuge herum zu decken. Sie waren so sehr damit beschäftigt, mit dem Geschirr keinen Lärm zu machen, dass die Lage für Andi und Herbert viel ungefährlicher war, als es zunächst ausgesehen hatte. Nachdem auch die übrigen Tische gedeckt waren, stellte Eugen unter jeden Motor noch einen Extrateller.

„Wozu denn das?“, fragte Ottokar.

„Für den Ölwechsel“, antwortete Eugen trocken, dass Herbert auf dem Schrank fast laut hinausgelacht hätte.

Dann zog das Transportunternehmen ab; die beiden wurden aus ihrer auf die Dauer doch recht unbequemen Lage befreit.

„Mann!“, flüsterte Herbert andächtig und schwenkte mit abgeblendetem Licht die Tische ab.

Auch Andi stand beeindruckt von der wirklich imponierenden Leistung.

Was könnten wir nur machen?, dachte er. Ein bisschen müssten wir da auch mitmischen!

Während er so vor sich hinsann, den großen Wagen vom Rex auf dem runden Mitteltisch betrachtend, rief Herbert plötzlich hinter ihm: „Schau mal her!"

Andi drehte sich um und leuchtete mit der Taschenlampe. Da saß der kleine Herbert inmitten der Teller und Kakaobecher grinsend auf Schießbudes schwerem Motorrad.

„Mach bloß, dass du runterkommst!", herrschte er ihn an, fügte aber sogleich ganz heiter hinzu: „Beeil dich, ich hab's!"

Voller Ungeduld zog er Herbert zur Tür, hatte schon die Hand auf der Klinke, als er von draußen ein Geräusch vernahm. Geistesgegenwärtig blieb er stehen, hielt vorsichtshalber Herbert den Mund zu und lauschte angestrengt.

Es musste jemand draußen sein, und zwar unmittelbar vor der Tür. Jetzt ächzte sie ein wenig in den Scharnieren. Andi wagte nicht, sich von der Stelle zu rühren. Zu gut kannte er die Dielen, die gerade hier besonders knarrten. Noch einmal ächzte die

Tür, als lehne sich von außen jemand dagegen. Dann war es still.

Nachdem Andi und Herbert eine Ewigkeit gewartet hatten, drückte er vorsichtig die Klinke herunter, zog ruckartig an und sah hinaus. Es war niemand da. Lauschend standen sie noch einige Sekunden, ehe sie auf den Flur traten.

Da tippte Herbert, der die Tür schloss, Andi von hinten an. „Schau mal. Das war's!" Und er leuchtete mit feinstem Lichtstrahl auf die Tür, an der mit Reißnägeln ein handgemaltes Schild befestigt war.

Andi las:

GROSSE FAHRZEUGSCHAU –
EINTRITT FREI

„Mein lieber Mann! Da haben wir ja noch mal Glück gehabt!", sagte er. „Das hätte uns einen schönen Strich durch die Rechnung gemacht."

„Durch welche Rechnung?", wollte Herbert wissen.

„Wirst du gleich sehen. Komm!"

Er huschte davon, die Treppe hinunter, an den Zimmern der Ritter vorbei in den Schultrakt. Im

Naturkundesaal ließ er die Taschenlampe aufleuchten, trat an die Vitrine und nahm das Skelett heraus.

„Hier meine Idee. Die Motorräder brauchen Fahrer!"

„Mensch, Andi, dass dir das eingefallen ist!" Der kleine Herbert hopste vor Begeisterung.

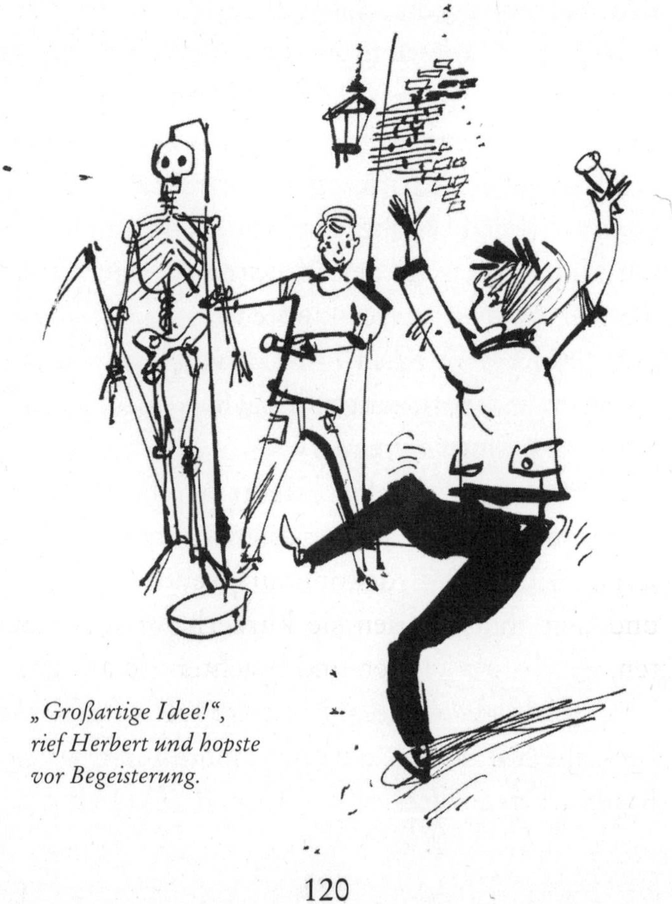

„Großartige Idee!", rief Herbert und hopste vor Begeisterung.

„Aber wir lassen uns nichts anmerken, verstanden?“, sagte Andi streng. „Sie werden schon auf uns kommen, Dampfwalze ist ja unten am Steg.“

Sie nahmen den klappernden Knochenmann, schlichen noch in die Folterkammer hinunter, um auch Paule zu holen. Ohne Sense, versteht sich. Auf dem Rückweg ging Andi an seinen Schrank und holte Handschuhe und zwei Rennfahrerbrillen heraus. Herbert brachte seine Gummistiefel und aus Pummels Schrank den Sturzhelm, den dieser beim Segelfliegen trug. Doch der Vorfreude folgte zuerst eine Enttäuschung: Die Knochenmänner wollten und wollten auf den Motorrädern nicht sitzen bleiben. Immer wieder kippten sie nach vorn mit dem Brustkorb auf den Tank. Dem kleinen Herbert wurde es ein bisschen mulmig, wie Andi mit den Knochenmännern umging.

„Wir brauchen Draht!“, stellte Andi fest.

Herbert besorgte ihn, und jetzt ging es. Wie gelernte Schaufensterdekorateure setzten sie Paule und den anderen, den sie kurzerhand Emil tauften, auf die Maschinen und brachten sie mit Draht in rennmäßige Haltung. Paule trug den Sturzhelm, Emil die Stiefel, beide hatten Handschuhe an und Rennbrillen auf.

Als sie fertig waren, fing der kleine Herbert an zu lachen. „Mensch, Andi! Ich sehe schon die Gesichter von Ottokar und Stephan!“

Aufgekratzt und hellwach kehrten sie in ihre Zimmer zurück und wären dabei um ein Haar Dampfwalze und seinen Mannen in die Arme gelaufen. Wie schon zu Anfang der nächtlichen Unternehmung gelang es ihnen gerade noch rechtzeitig, sich hinter zwei Schränken zu verbergen.

Leise vor sich hin schimpfend, zog Dampfwalze mit seinem Anhang vorbei. „So was Dummes“, sagte er. „Da haut man sich die Nacht um die Ohren, und dann trauen sich die blöden Mädchen doch nicht!“

Als zum Dauerlauf geweckt wurde, kostete es Andi große Überwindung aufzustehen. Aber er musste, er durfte sich nichts anmerken lassen, obwohl Stephan, Eugen und Pummel auch nicht gerade den frischesten Eindruck machten. Erst nach der kalten Dusche sah die Welt wieder klarer aus. Der kleine Herbert kam ins Zimmer, was er sonst nie tat, wünschte allerseits einen guten Morgen, um dann Andi ganz dumm nach einem Mathematikbuch zu fragen. Stephan, ebenfalls auffallend heiter, hatte es mit dem Anziehen besonders eilig und schimpfte laut, als ihm der Schnürsenkel riss.

Daraufhin konnte es sich Andi nicht verkneifen, ihn zu fragen: „Warum denn heute so eilig?“

„Seit wann interessiert dich das?“, sagte Stephan patzig.

Der Gong ertönte: Frühstück.

Auch Andi hatte sich mit dem Anziehen beeilt, um unauffällig, aber doch möglichst gleichzeitig mit Stephan in den Esssaal zu kommen. Begleitet vom kleinen Herbert, der immer noch über Mathematik sprach, zogen sie los. An der Treppe gesellte sich Ottokar zu ihnen, der auf Stephan gewartet hatte. Schon im oberen Flur kündigte sich das bevorstehende Ereignis an. Vielleicht kam es ihnen auch nur so vor. Vor der Tür wechselten Ottokar und Stephan einen Blick. Dann traten sie ein.

Niemand saß an seinem Platz. Überall standen Ritter und Lehrer, diskutierend, bewundernd.

Einige kamen spontan auf Stephan und Ottokar zu. „Das ist ja irre! Toll habt ihr das gemacht!“

Einen solchen Streich traute man eben nur diesen beiden zu.

„Das Beste sind die Skelette!“, stellte Mücke fest.

Jetzt erst bemerkten Stephan und Ottokar, dass hier noch jemand mit von der Partie gewesen war. Aber sie sagten nichts.

„Diese Bande!“, brummte Dampfwalze und setzte sich mit seiner Leibgarde Klaus und Dieter als Erster an seinen Platz.

Doktor Waldmann schüttelte immer wieder den Kopf, und der Rex fand überhaupt keine Worte mehr. „Wie habt ihr das nur gemacht? Wie habt ihr das nur gemacht?“, sagte er, während Gießkanne seinen Zweitakter unter die Lupe nahm, ob auch ja kein Kratzer daran zu finden sei. Doch sosehr er auch suchte, er fand keinen.

Egon, Kuno und Eberhard waren untröstlich. Sie hatten sich solche Mühe gegeben, um wach zu bleiben und jedes verdächtige Geräusch wahrzunehmen, und dennoch verschlafen.

Nachdem sich die Verblüffung gelegt hatte, wurden Stephan und Ottokar im Triumphzug auf den Schultern durch den Esssaal getragen. Alle, auch die Lehrer, klatschten und brachen immer wieder in den Schreckensteiner Schlachtruf aus.

Als das Frühstück endlich zu Ende war, ging Stephan auf Andi zu. „Ist zu fünfzig Prozent dein Erfolg.“

Andi sah ihn an und sagte: „Ich weiß nicht, wovon du sprichst."

Und beide wussten, dass sie einander verstanden. Nach Ritterart.

Die Retourkutsche

Eigentlich hätte der Schulunterricht ausfallen können. Die Aufmerksamkeit war jedenfalls gleich null. Alle dachten an den fantastischen Streich, und Andi wünschte sich, die Sache möge sich auch in Neustadt herumsprechen, vor allem in der Ebert-Schule bei seinen ehemaligen Kameraden. Nur Herbert war unzufrieden. Am liebsten hätte er allen erzählt, dass der gelungene Witz mit den beinernen Motorradfahrern letzten Endes auf seine Wachheit zurückzuführen war. Denn hätte er Andi nicht geweckt, wäre es nicht dazu gekommen. Aber so klein er noch war, fühlte er sich doch zu sehr als Ritter, um dieser Eitelkeit nachzugeben. Hauptsache, der Streich war gelungen, wie viel der Einzelne dazu beigetragen hatte, blieb Sache der Ritter.

Das Mittagessen wurde, wie schon das Frühstück, in der Kraftfahrzeugausstellung verzehrt. Für den Nachmittag setzte der Rex den Abbau unter allgemeiner Beteiligung an. Staunend sahen Ritter und Lehrer, mit welcher Sorgfalt und Sachkenntnis die schweren Fahrzeuge wieder auf ihre Plätze gebracht wurden. Bei dieser Gelegenheit gab Dampfwalze eindrucksvolle Proben seiner großen Kraft. Für den Weg die Treppen hinunter teilte Ottokar fünf Ritter als Bremser ein. Sie mussten in beziehungsweise auf den Fahrzeugen Platz nehmen, um im Bedarfsfall die Bremsen zu betätigen. Gießkanne, der übervorsichtige Gesangslehrer, ließ es sich nicht nehmen, seinen Zweitakter selbst zu kutschieren; die anderen mit dem Rex sahen nur zu.

„Komm, du machst auch einen Bremser“, sagte Ottokar zu Andi, der gerade die Stützhölzer unter den Tischen einsammelte. „Nimm am besten Schießbudes Motorrad.“

Andi verstand, warum gerade er für dieses Fahrzeug eingeteilt wurde, und tat, was ihm Ottokar gesagt hatte. Als ihn die Ritter aus dem Esssaal schoben, stand Mücke vor dem Abstelltisch, den Sturzhelm auf dem Kopf, Andis Handschuhe, Rennbrillen und Herberts Gummistiefel in Händen, und rief: „Wem gehören eigentlich die Klamotten?“

Aber Andi verriet sich nicht, obwohl die meisten wussten, dass die Rennbrillen sein Eigentum waren.

„Leg sie halt da hin! Die werden schon kommen und sie holen“, sagte er und wurde im Laufschritt zur Treppe gerollt.

Nach zwei Stunden Arbeit standen die Fahrzeuge ohne Beschädigung wieder in der Garage.

„Aber jetzt geht an eure Schulaufgaben“, sagte der Rex. „Nach so viel Spaß muss auch der Ernst des Lebens zu seinem Recht kommen.“

Das Leben auf der Burg ging wieder seinen gewohnten Gang: Die Leichtathleten trainierten für den bevorstehenden Wettkampf gegen die Ebert-Schule; wer nicht zur Mannschaft gehörte, wurde zur Garten- und Feldarbeit eingeteilt oder half in Mauersäges Landwirtschaft. Hier war der Stalldienst, der Umgang mit den Pferden, besonders beliebt. Es gab immer wieder Gelegenheit, ein bisschen zu reiten, und sei's ohne Sattel – ein guter Ausweichsport, solange die Sportanlagen von der ersten Mannschaft blockiert waren. Auch Andi hatte sich schon ein paarmal auf einem der schweren, gutmütigen Ackergäule versucht.

Gewiss, der „Bauerndienst“, wie die Schreckensteiner die landwirtschaftliche Arbeit nannten, war sehr anstrengend. Die Folgen wurden vor allem im

Esssaal deutlich: Die Ritter futterten wie nach einem Feldzug. Andi schraubte seine persönliche Bestleistung auf sechzehn Dampfnudeln mit Vanillesoße. Die schwere körperliche Arbeit schien aber auch seinem Geist gut zu bekommen.

„Wie ich höre, hast du deinen Rückstand aufgeholt und musst nicht mehr nachbüffeln“, sagte der Rex eines Tages. „Du wirst sehen, jetzt wird es dir bei uns erst richtig gefallen!“

Andi freute sich über dieses Lob, und wie gut es ihm bereits gefiel, das merkte vor allem seine Mutter. Die Briefe, die er ihr schrieb, wurden immer kürzer, und die Abstände wurden immer länger. Aber das ging in Zeiten des „Bauerndienstes“ allen Eltern so. Die Ritter waren abends einfach zu müde, sanken in ihre Betten und schliefen wie die Murmeltiere.

„Wer jetzt einen Streich ausbrütet, der hat's leicht“, sagte Mücke eines Abends.

„Dann lass uns doch einen machen!“, antwortete Andi und überlegte schon, was man anstellen könnte.

„Viel zu müde“, winkte Mücke ab.

Anderen ging es ebenso. Niemanden störte das dumpfe Rumpeln nach Mitternacht, das Ächzen der Treppe, als sei eine Herde Elefanten unterwegs. Es wurde immer lauter.

Andi lag in seinem Bett, horchte und drehte sich auf die andere Seite. Solange Stephan im Zimmer war, konnte nichts Wesentliches los sein.

Da trat plötzlich Ottokar ein und machte Licht. „Sagt mal“, begann er laut, „ihr habt wohl Pferdeäpfel auf den Ohren?“

Stephan, Eugen, Pummel und Andi setzten sich auf.

„Das ist aber ein sehr dummer Vergleich“, sagte Eugen ganz spöttisch.

„Finde ich gar nicht“, antwortete Ottokar. „Ich bin nämlich gerade in welche reingetreten. Draußen auf dem Flur. Vorn beim Duschraum.“ Da ihn alle recht ungläubig anschauten, zeigte er seine Pantoffeln.

„Sehen wir am besten mal nach!“, entschied Stephan und kletterte aus dem Bett.

Als sie zum Duschraum kamen, waren dort schon mehrere Ritter versammelt. Verschlafen, in Bademänteln, standen sie um die Stelle, wo sich Ottokar seine Pantoffeln beschmutzt hatte.

„Tatsächlich“, sagte Andi.

Von oben war ein dumpfer Stoß zu hören. Einer

leuchtete mit der Taschenlampe zur Treppe. „Da liegen noch mehr!“, sagte er.

Auf einmal waren alle hellwach und rannten die Treppe hinauf, den oberen Flur entlang auf den Esssaal zu. Die Tür war von innen verschlossen.

Ottokar schaute durchs Schlüsselloch. „Leider nichts zu sehen“, sagte er.

Da war wieder dieses dumpfe Stoßen.

„Es kommt von drinnen!“, stellte Pummel fest.

„Dann wollen wir doch mal schauen, ob Dampfwalze in seinem Bett ist oder nicht.“

Dieser Vorschlag von Stephan wurde angenommen. Die ganze Meute schlich davon. Leise wurde die Tür geöffnet, ein kurzer Lichtstrahl, dann wussten sie Bescheid.

„Sein Bett ist leer. Und das von Dieter auch“, stellte Ottokar fest. „Ich denke, wir holen mal die Feuerleiter und sehen nach.“

Alle gingen in ihre Zimmer zurück, um die nächtliche „Arbeitskleidung“ – Turnschuhe, Trainingshosen, Pullover – anzuziehen. Als sie sich an der Treppe wieder trafen, waren sie doppelt so viele wie zuvor.

„Wohl so eine Art Schulversammlung?“, spottete Werner, der sich ebenfalls dazugesellt hatte.

Es war erstaunlich, wie unhörbar sich die stattliche Gruppe durch die Dunkelheit bewegte. Stephan, der seine Dietriche eingesteckt hatte, schloss die Garage auf. Die Feuerleiter wurde herausgerollt. Drinnen auf dem Naturboden ließen sich die großen Holzspeichenräder verhältnismäßig leise bewegen, doch als die Eisenreifen auf das Katzenkopfpflaster des Burghofs rollten, drehte Stephan die Bremse zu.

„So geht das nicht! Zieht eure Pullover aus. Wir müssen einen Teppich legen“, sagte er mit einer Selbstverständlichkeit, als sei ihm diese Lösung nicht zum ersten Mal eingefallen.

Der Teppich wurde gelegt, hinter den Rädern eingesammelt und vorn wieder verlängert – bis die Leiter in der richtigen Position stand. Ottokar, Stephan, Pummel und Andi kurbelten die vier Stützen herunter, Hans-Jürgen und Strehlau fuhren die Leiter aus.

„So. In fünf Minuten wissen wir Genaueres“, sagte Ottokar und verschwand nach oben im Dunkel. Bereits nach einer Minute stand er wieder auf dem Boden und schüttelte den Kopf. „Dampfwalze ist wirklich ein Witzbold! Er hat die Pferde raufgebracht und versucht, ein Hippodrom einzurichten.“

„Irrsinnig witzig“, pflichtete Hans-Jürgen bei.

„Wundert mich nur, dass die Pferde nicht mehr Radau gemacht haben!“, überlegte Andi.

„Wahrscheinlich hat er ihnen die Hufe umwickelt. Anders geht das nicht“, sagte Strehlau, der sich auch schon als Reiter versucht hatte.

„Das ist kein Streich, das ist Tierquälerei!“ Ottokar wurde richtig sauer.

Alle gaben ihm recht. Wenn Dampfwalze den Ehrgeiz hatte, Stephans und Ottokars Ausstellung unbedingt zu überbieten, dann musste er sich etwas Besseres einfallen lassen. Nach kurzem Hin und Her kam man überein, ihm die geplante Überraschung zu versalzen. Alle kehrten in die Burg zurück. Die Leiter ließen sie stehen.

Mücke holte den großen Gong. Wie ein Speisewagenschaffner lief er gongend über die Gänge und rief: „Platzkarten zum großen Mitternachtsessen! In fünf Minuten im Esssaal.“

lm Handumdrehen war die gesamte Ritterschaft, laut durcheinanderredend, vor dem Esssaal versammelt. Ottokar schloss mit dem Dietrich auf und schaltete die Deckenbeleuchtung ein.

Da standen völlig ratlos Dampfwalze, Klaus, Dieter und Werner zwischen umgelegten Tischen, die sie wohl als Boxen gedacht hatten. Und in der Ecke wieherten drei verängstigte Pferde mit dick umwickelten Hufen.

„Retourkutsche! Retourkutsche! Retourkutsche!“, rief die Ritterschaft im Chor.

Der Rex kam mit Gießkanne und Rolle.

„Das geht nicht!“, sagte er. „Sofort bringt ihr die armen Tiere in den Stall zurück. Und dann könnt ihr euch gleich auf die Socken machen. Nach Krumpingen! Zum Unterricht seid ihr rechtzeitig wieder da! Verstanden?“

So streng hatte Andi den Rex noch nicht erlebt. Nach Krumpingen waren es hin und zurück vier Stunden! Also kein Zuckerschlecken!

Hinkend und todmüde kamen die vier am anderen Morgen erst zur zweiten Unterrichtsstunde. Eine Stunde Zuspätkommen aber bedeutete automatisch einen Strafmarsch nach Hizlingen.

„Macht zusammen pro Pferd neun Komma drei Kilometer“, rechnete Hans-Jürgen aus. „Dampfwalze ist und bleibt eben ein Muskelprotz mit Spatzenhirn.“

Schulrekord

Auf Burg Schreckenstein gab es ein ungeschriebenes Gesetz: Wer an einem misslungenen Streich teilgenommen, sich im Sport oder auf sonst eine Art blamiert hatte, wurde nicht nachträglich damit aufgezogen. Dampfwalze und seine Getreuen widmeten sich ungestört dem Leichtathletiktraining für den bevorstehenden Wettkampf gegen die Ebert-Schule. Bei Mücke war das anders. Als Lokalredakteur der Schulzeitung musste er sich noch lange mit den vorausgegangenen Ereignissen beschäftigen.

„Eigentlich hin ich schuld an allem“, sagte er, als die Redaktion ihre Arbeit wieder aufnahm. „Hätte ich nicht geschrieben, dass wir keinen Schwung mehr haben, wäre es wahrscheinlich weder zu der Kraftfahrzeugausstellung noch zu der Sache mit den Pferden gekommen.“

„Dann bin ich dir direkt dankbar, dass du es geschrieben hast!“, antwortete Strehlau lachend.

„Ich glaube, es ist wie beim Sport“, bemerkte Andi. „Es gibt immer einen, der's am besten kann, und andere, die weniger erfolgreich sind. Deswegen soll man aber nicht auf alle Wettkämpfe verzichten."

„Das hast du prima gesagt", lobte Mücke und notierte sich Andis Ausspruch. „Wenn du nichts dagegen hast, bring ich den Satz im nächsten Bericht."

Andi hatte nichts dagegen. Er freute sich, dass auch einmal ein Satz von ihm in der Zeitung stehen würde. Schließlich war er ja Mitglied der Redaktion. Zudem suchte er nach einer Gelegenheit, sich zu bewähren. Die Ritterschaft zögerte bei jedem Neuen ziemlich lange, bis sie ihn in ihren Kreis aufnahm. Nur wer wirklich ehrlich und kameradschaftlich war und seinen Mann stand, wurde Ritter. Für Angeber, die sich nur hervortun wollten, war Schreckenstein eine unangenehme Bleibe.

Immer schön langsam und bescheiden, sagte sich Andi. Ich bin schon genug aufgefallen! Sonst geht es mir noch so wie Stephan seinerzeit mit dem Spannlack!

Diese Geschichte kannte er aus dem „Wappenschild". Mochte Mücke sich auch Gedanken machen wegen der Wirkung seiner Artikel – die Schulzeitung war jedenfalls eine feine Sache. Ohne sie

Andi freute sich: Auch von ihm würde ein Satz in der Zeitung stehen.

hätte er sich nicht so rasch zurechtgefunden. Das wurde ihm jetzt klar.

„Wann machen wir endlich wieder was, Andi?“, wollte der kleine Herbert wissen, der mit Egon, Kuno und Eberhard darauf brannte, sich unter Andis Leitung erneut in einem Streich zu bewähren.

„Erst wenn der Wettkampf vorbei ist“, sagte Andi bestimmt. „Die Mannschaft muss jetzt trainieren.“

Das war sehr fair von ihm gedacht, zumal er nicht

zur Mannschaft gehörte. Anfangs hatte ihn das gewurmt. Zu gern wäre er als Schreckensteiner gegen seine alten Kameraden von der Ebert-Schule angetreten. In Leichtathletik zählte er jedoch nicht zur Spitzenklasse. Und das war ganz gut so. Denn wenn er sich's genau überlegte, wollte er nur mit, um ihnen zeigen zu können, was aus ihrem schlechten Handballtorwart auf der Burg geworden war.

Der Tag des Wettkampfs kam. Die Mannschaft fuhr mit dem Omnibus nach Neustadt. Mit Rolle und Doktor Waldmann. Ohne Andi. Wer nicht zur Mannschaft gehörte, musste dableiben. Für Schlachtenbummler war kein Platz.

Jetzt tat es Andi doch leid. Seiner Statur nach eignete er sich mehr zum Läufer als zum Werfer, Springer oder Stoßer. Er besaß Ausdauer und gute Lungen. Nur die Beine waren nicht schnell genug. Radrennfahrer sind zu Fuß meist langsame Leute. Wer einen Pedalwirbel zu entfesseln versteht, der bildet seine Muskeln anders aus als ein Sprinter. Leider ist Radrennfahren bei uns kein Schulsport!, sagte sich Andi und fegte von Wampoldsreuthe zum See hinunter. Ich werde trotzdem dabeibleiben!

Er schaltete zurück und kletterte in sauberem Stil durch den Wald bergauf, vorbei an der Stelle, wo er auf seiner ersten Trainingsfahrt um den Kappellsee Sonja und Beatrix getroffen hatte. Diesmal blieb er ungestört, kurbelte tief über den Lenker gebeugt an der Abzweigung nach Schloss Rosenfels vorbei, sauste durch die Kehren im Wald hinunter zum anderen Ende des Sees und von dort wieder hinauf über die Serpentinen bis auf die Zugbrücke. Ein Blick auf die Stoppuhr zeigte ihm die Zeit: 57 Minuten, 43,8 Sekunden für die erste im Renntempo zurückgelegte Runde.

Eigentlich müsste ich 55 Minuten schaffen können. Vielleicht auch weniger, sagte er sich und beschloss, wieder mehr zu trainieren.

Am späten Sonntagnachmittag kehrte die Mannschaft zurück.

„Wir haben gewonnen“, meldete Ottokar dem Rex, der ihnen entgegenging. Mehr sagte er nicht. Doch den heiteren Mienen der Wettkämpfer nach mussten sie sehr hoch gewonnen haben.

Nach dem Abendessen war Schulversammlung im Wohnzimmer.

„Ich möchte euch die Sieger des heutigen Tages bekanntgeben“, begann der Rex und las von einem Zettel die genauen Ergebnisse vor.

Ottokar hatte die 100 und 200 Meter gewonnen,

Hans-Jürgen die 400. Die 800 Meter waren an Andis ehemaligen Banknachbarn von der Ebert-Schule gegangen. Aber die 1500 Meter hatten wieder einen Schreckensteiner Sieg gebracht, durch Klaus, der außerdem im 3000-Meter-Hindernislauf Zweiter geworden war. Werner hatte den Hochsprung gewonnen; im Weitsprung hatten Ottokar und Stephan den zweiten und dritten Platz belegt. Der Stabhochsprung war an Dieter gegangen; Stephan hatte im 400-Meter-Lauf, im Kugelstoßen und Speerwerfen jeweils den zweiten Platz belegt, im Diskus den dritten. Wieder war er einer der zuverlässigsten Punktesammler gewesen und wurde dafür mit entsprechendem Beifall bedacht.

Auch der Rex klatschte mit und fuhr dann fort: „Den Hauptbeitrag zu unserem Sieg aber haben wir einem Athleten zu danken, der in nicht weniger als drei Disziplinen den Sieger stellte: im Speerwerfen mit neuem Schulrekord, im Kugelstoßen nur knapp unter Stephans Traumgrenze, dafür aber wieder im Diskus mit neuem Schulrekord. Es ist unsere unverwüstliche Dampfwalze!“

Ein wahres Freudengeheul brach aus. Die Athleten wurden umringt, jeder wollte ihnen die Hand schütteln.

„Das habt ihr ja mächtig spannend gemacht“, sagte Mücke zu Ottokar. „Schulversammlung mit Bekanntgabe der Resultate. Das sollten wir beibehalten. Wenigstens für den Fall, dass ihr wieder einmal so hoch gewinnt.“

„Du kannst es ja anregen, im nächsten Lokalbericht“, erwiderte Ottokar grinsend. „Falls dein Käseblatt mit unserem Schwung überhaupt noch mitkommt.“

„Kleinigkeit“, brummte Mücke und tat so, als sei er schrecklich aufgeblasen. „Ohne meine Kritik hättet ihr heute haushoch verloren.“

Klaus, der Witzbold, hatte alles mit angehört. „Das nächste Mal nehmen wir dich als Trainer mit“, sagte er. „Du kannst uns dann die Muskeln massieren. Mit dem Kugelschreiber!“

Sie lachten, und Andi, der gerade dazugekommen war, um Ottokar zu gratulieren, lachte mit.

„Du, deine alte Schule – das sind vielleicht Flaschen!“, sagte Ottokar zu ihm. „Und unfair sind die! Wollen einen nervös machen mit angeblichen Fehlstarts und so. Da müssen sie aber früher aufstehen.“

Andi nickte. Jetzt tat es ihm nicht mehr leid, nicht dabei gewesen zu sein. Er schüttelte noch

Stephan die Hand und drängte sich dann in den Kreis um Dampfwalze, der strahlend Glückwünsche und Lob für seine hervorragenden Leistungen entgegennahm.

„Ganz prima, Dampfwalze. Gratuliere!“, sagte Andi.

„Danke“, antwortete der Held des Tages einfach. Er hatte die Gelegenheit, die Scharte auszuwetzen, erfolgreich genutzt. Damit war die Angelegenheit für ihn erledigt.

Nach diesem Ereignis trat eine gewisse Beruhigung ein. Jeder ging seinen Interessen nach.

Mücke schrieb an seinem neuen Lokalbericht. Eugen und Pummel machten unter Doktor Waldmanns Anleitung schon recht beachtliche „Luftsprünge“ – Flüge über drei-, vier-, fünfhundert Meter. Stephan ließ seine Kapelle wieder aufleben, und zwar in der verstärkten Besetzung mit Trompete. Der kleine Eberhard überlegte krampfhaft einen neuen Streich, und Dampfwalze widmete sich mit großer Hingabe der Steigerung seiner Kraft.

Rolle hatte für die Schule eine neue Hantel erworben, mit austauschbaren Gewichten, die Dampfwalze der Einfachheit halber unter seinem Bett verwahrte, weil sich außer ihm niemand für diese Sportart interessierte. Es verging kaum ein Tag ohne neuen Rekord, sei es im Reißen, Drücken oder Stoßen.

Nur Andi war mit seinen Beschäftigungen nicht recht glücklich. Er wollte immer noch zu viel. Da war die Schreinerei, die ihm sehr viel Spaß machte. Schon jetzt arbeitete er an einem Weihnachtsgeschenk für seinen Vater, einem Gestell zur Kleiderablage im Schlafzimmer, das als „Stummer Diener“ bekannt ist. Dann forderte das Trompetenspiel viel Zeit. Stephan war sehr kritisch, und der richtige Ansatz am Mundstück war nur mit geduldigem Üben zu entwickeln.

„Nicht gleich Läufe probieren!“, rügte Rolle. „Lass dir Zeit, setz dich hin und halte Töne, schön gleichmäßig und so lang es geht. Alles andere kommt später.“

Und dann war da sein Rennrad, das kostbare. Zweimal, wenn es ging, sogar dreimal in der Woche drehte er seine Trainingsrunden um den Kappellsee. Sein persönlicher Rekord stand bereits auf 55 Minuten, 12,8 Sekunden!

An einem Sonntagnachmittag, als er gerade nach der mäßigen Zeit von 56:33,4 in den Burghof rollte, kam Dampfwalze die Steintreppe herunter. „Du keuchst ja ganz schön“, sagte er.

„Nur weil ich den Endspurt zu früh angezogen habe“, antwortete Andi und musste zwischen den einzelnen Worten immer wieder nach Luft schnappen. „Wenn man ... bergauf ... schneller wird ... muss man sich’s genau ... einteilen.“

Dampfwalze nickte, hob das leichte Rad in die Höhe und ließ den Leerlauf schnurren. „Darf ich mal?“, fragte er, als er schon im Sattel saß.

Andi nickte, und Dampfwalze drehte eine Runde im Burghof. „Ein ganz schöner Schüttelrost“, rief er, und es klang, wie wenn sich einer beim Sprechen auf die Brust trommelt.

„Das ist nur hier auf dem alten Pflaster“, erwiderte Andi. „Draußen rollt die Maschine – so schnell kannst du gar nicht schauen.“

Dampfwalze nickte, stieg ab und sagte, ohne den Blick von dem Stahlross zu wenden: „Mir fehlt ein Ausgleichstraining für die Beine. Wenn du nichts dagegen hast, würde ich gern mal eine Runde drehen.“

Zuerst gab es Andi einen Stich. Der Gedanke, Dampfwalze auf seinem kostbaren Rennrad irgendwo unterwegs zu wissen, war ihm schmerzlich. Er konnte Nein sagen. Das hätte jeder verstanden. Auch Dampfwalze. Aber er wollte nicht unkameradschaftlich sein, keiner von denen, die auf ihren Habseligkeiten sitzen und niemanden ranlassen.

„Meinetwegen", sagte er. „Aber gib am Anfang acht mit den dünnen Reifen! Daran bist du nicht gewöhnt." Und er erklärte ihm, wie er zu lenken, zu bremsen und zu schalten habe, zog die Riemen an den Fußhaken fest, schob ihn an und drückte gewohnheitsmäßig auf die Stoppuhr.

Dampfwalze rollte über die Zugbrücke und Zickzack fahrend den Berg hinunter. Von hinten sah es aus, als müsse er jeden Augenblick herunterfallen. Schon tat Andi es leid, dass er so gutmütig gewesen war. Aber dann dachte er an seine eigenen ersten Versuche auf dem Rennrad. War er nicht auch in Schlangenlinien gefahren, bis er das richtige Gefühl für das ungewohnt leichte Rad bekam? Und da war noch ein Gedanke, der ihm über die Wartezeit hinweghalf: Wenn sich Dampfwalze für den Radsport interessiert, bin ich nicht mehr der Einzige! Und wenn wir erst mal zu zweit sind, werden sich bald noch mehr finden, die mitmachen!

So sehr diese Vorstellung Andi anfangs beflügelte, so wurde er doch bald recht kleinlaut und besorgt.

Dampfwalze war schon eine halbe Stunde weg. Wenn er um den Kappellsee fuhr, konnte er freilich noch nicht zurück sein. Und er würde sicher um den See fahren, sagte sich Andi. Dazu hatte er viel zu ausführlich von der fantastischen Trainingsstrecke geschwärmt. Dieser Gedanke ließ ihn wieder hoffen, dass sein kostbares Rad doch noch heil sein könnte. Zudem wäre es ja ganz interessant, einmal den Zeitunterschied zu stoppen.

Nach einer Stunde und acht Minuten rollte Dampfwalze völlig erschöpft in den Burghof, stieg vom Rad und konnte nicht mehr gehen.

„Mann, das ist vielleicht ein Schlauch!“, keuchte er. „Vor allem der Sattel! Wie hältst du das bloß aus auf diesem alten Brötchen?“

„Alles Gewohnheit“, sagte Andi. „Das merkst du bald nicht mehr.“

Dampfwalze streckte sich und ruderte mit den Armen. „Kreuzweh kriegt man auch. Und am Berg hängt einem die Zunge raus, man denkt, es sauge einem jemand mit dem Strohhalm die Kraft aus den Beinen. Aber sonst ist das eine prima Sache!“

„Mann", stöhnte Dampfwalze,
„ist das eine Plackerei!"

Sportreportage

Andi saß beim Mittagessen und futterte schon die dritte Portion Astronautencreme. Alle andern am Tisch waren längst fertig.

„Friss bloß nicht den Teller mit!“, raunte Mücke hinter ihm. Er hatte Abräumdienst und wartete auf Andis Teller.

„Gleich“, antwortete Andi. Es klang wie das Blubbern einer dicken Suppe beim Kochen. Rasch leerte er den Teller.

Mücke wartete geduldig. „Ich möchte dich nachher sowieso sprechen.“

Andi konnte nur nicken, wartete aber nach Tisch verabredungsgemäß vor dem Esssaal.

„Sag mal“, begann Mücke, „du bist doch nun schon eine ganze Weile in der Redaktion. Bis jetzt hast du nur technischen Kram gemacht. Bis auf den einen Satz neulich. Willst du nicht auch mal was schreiben?“

„Ich?“ Andi blieb der Mund offen stehen.

„Ja, du! Redaktionsmitglieder schreiben. Das ist bei Zeitungen allgemein üblich.“

Mücke hatte vollkommen recht.

„Aber worüber?“, fragte Andi.

„Worüber du willst. Vielleicht nicht gerade über das Wetter. Wie das ist, merken wir sowieso.“

„Sehr witzig!“, sagte Andi.

„Ja“, griff Mücke das Wort auf. „Es kann zum Beispiel etwas Witziges sein. Schreib über deine ersten Eindrücke hier!“ Und mit heller, weinerlicher Stimme fuhr er fort: „Als ich auf Burg Schreckenstein kam, habe ich erst mal eine ganze Nacht lang geweint …“

„Das heb dir auf für deine Memoiren.“ Andi gab ihm einen Rippenstoß.

„Lass mal! Da gibt es einige, auf die das passt. Also schreib, was du willst. Wenn dir gar nichts einfällt, mach eine Reportage. Was ich in zehn Tagen auf dem Schreibtisch habe, kommt in die nächste Nummer. Wenn du nichts lieferst, drucken wir einen Schulaufsatz von dir. Damit wir was zum Lachen haben.“ Mücke ließ ihn stehen.

Andi saß beim Abendessen und futterte schon die dritte Portion „Schwarzarbeiter ohne Knochen“, wie Frikadellen auf der Burg genannt wurden. Wieder waren alle andern am Tisch längst fertig. Nur er aß noch, obwohl er eigentlich längst satt war. Doch um das zu bemerken, war er viel zu aufgeregt. Worüber sollte er nur schreiben! Worüber?

Da kam Dampfwalze, der am Nebentisch Abräumdienst hatte, hinter ihm vorbei und sagte: „Ich möchte dich nachher sprechen. Warte vor dem Esssaal."

Andi konnte nur nicken, war aber verabredungsgemäß zur Stelle.

„Komm mal mit!", sagte Dampfwalze geheimnisvoll und führte ihn in sein Zimmer. Der kleine Herbert saß auf seinem Bett und schaltete gerade sein Transistorradio ein.

„Du schwingst dich!", befahl Dampfwalze. „Wir haben etwas zu besprechen."

„Ich geh ja schon", sagte Herbert, sah das Muskelgebirge ängstlich und Andi fragend an und zog ab. Wahrscheinlich vermutete er, es handle sich um die Vorbereitungen zu einem Streich. Und das ohne ihn!

Dampfwalze holte einen Karton unter seinem Bett hervor. „Schau mal her", sagte er und öffnete den Deckel. „Hab ich mir von zu Hause schicken lassen! Nach genauen Angaben! Mein ganzes Sparschwein ist dabei draufgegangen. Und meine alte Dame hat anscheinend auch selbst noch kräftig beigesteuert." Er zog einen Rennlenker aus Leichtmetall mit Vorbau, einen Rennsattel, eine Gangschaltung mit fünffachem Zahnkranz, Fußhaken und zwei Felgenbremsen vom gleichen Modell wie an Andis Rad hervor.

„Sind das die richtigen Sachen?", fragte er.

Andi war platt. „Genau. Mensch, prima!"

„Dann ist es ja gut. Das wollte ich nur wissen. Morgen wird montiert. Zwar habe ich dann immer noch Drahtreifen und nur einen Sportrahmen. Aber das wird sich mit der Zeit ändern. Hauptsache, wir sind erst mal zu zweit."

Andi nickte. Jetzt wusste er, was er für die neue Nummer vom „Wappenschild" schreiben würde: einen Bericht über den Radrennsport!

„Du sagst ja gar nichts", brummte Dampfwalze und packte die Teile wieder ein. „Wenn dir's nicht passt, dass ich auch renne, dann sag's gleich. Dann fahren wir eben getrennt. Du rechts um den See, ich linksrum."

„Und vor Schloss Rosenfels stoßen wir zusammen", antwortete Andi, und beide mussten lachen.

„Und die Mädchen kommen mit Tragbahren", spann Dampfwalze den Gedanken weiter, „verbinden unsere Wunden und pflegen uns."

Hier unterbrach ihn Andi. „Und wir schicken dem Rex eine Postkarte: Die besten Grüße aus dem Sanatorium Rosenfels."

„So weit kommt's noch!" Dampfwalze klopfte ihm auf die Schulter, als schwinge er einen Schmiedehammer. „Also, morgen bauen wir meine Kiste um. Und dann wird trainiert!"

Was haben die andern nur?, dachte Andi, als er nach diesem ereignisreichen Tag im Bett lag. Dampfwalze ist gar nicht so ein Muskelprotz mit Spatzenhirn. Er ist zwar ein rauer Bursche, aber gutmütig. Und wenn er sich was vorgenommen hat, ist er eisern!

Glücklich, einen Kameraden gefunden zu haben, der seine Leidenschaft für den Radrennsport teilte, schlief Andi ein.

Dampfwalze war eisern. Am Sonntagnachmittag saßen sie auf ihren Rädern und fuhren um den See. Auf ebener Strecke strampelte Dampfwalze mit großer Übersetzung. Doch am Berg, wo sich sein Gewicht nachteilig bemerkbar machte, hätte Andi ihn abhängen können. Aber er tat es nicht.

„Du bist mehr ein Roller. Ich bin auch Kletterer", sagte er nur.

„Und wie wirkt sich das aus?", wollte Dampfwalze wissen.

„Du musst noch viel trainieren. Dann wirst du auch am Berg besser. Trotzdem: Deine Stärke werden Flachrennen sein. Ich bin mehr ein Etappenfahrer."

„Ich will aber auch Etappen fahren!", keuchte Dampfwalze und fiel zurück, denn die Straße stieg wieder an.

„Dazu hast du jetzt die beste Gelegenheit", antwortete Andi und lachte. „Du brauchst nur nach Italien zu fahren, zum Giro. Nächsten Sonntag kommen sie über das Stilfser Joch. Das ist der höchste Pass der ganzen Rundfahrt. Was meinst du, wie sich da das Feld auseinanderzieht! Eine Stunde Rückstand gegenüber dem Spitzenreiter ist auf der Passhöhe keine Seltenheit. Im Ziel sind sie dann oft alle wieder beieinander."

Vom Dampfwalze kam keine Antwort. Er war weiter zurückgefallen und kämpfte, in den Pedalen stehend, eisern gegen den Berg. Andi blieb im Sattel, kletterte mühelos mit rundem Tritt. Oben angekommen, schaltete er auf die größte Übersetzung und bummelte, bis Dampfwalze den Anschluss wieder gefunden hatte.

„Mein lieber Schwan“, keuchte der, „du fährst ja wie mit ’m Schlepplift. Das muss ich auch noch lernen. Und wenn ich eigens zum Stilfser Joch fahre!“

„Das heb dir mal für die großen Ferien auf. Du brauchst da gut drei Wochen, bis du oben bist“, gab Andi zur Antwort.

Dampfwalze hörte auf zu treten, hob die Hand und schlug Andi auf den Rücken, als sei er ein Amboss.

„Mensch! Mann! Das ist es überhaupt. Wir fahren zum Giro!“

Jetzt hörte Andi auf zu treten. „Ist das dein Ernst?“

„Was denn sonst?“, fragte Dampfwalze zurück. „Wir sehen das Rennen, ich lerne Bergfahren, du kannst eine Reportage schreiben – und im Übrigen kann das ein toller Streich werden!“

War es der Gedanke an das berühmte Radrennen, der sie beflügelte, oder die Vorstellung, tatsächlich dorthin zu fahren, oder beides zusammen – die Trainingsfahrt endete jedenfalls in einer irren Strampelei, sodass die beiden nach knapp einer Stunde wieder über die Zugbrücke rollten.

„Heute Nacht sprechen wir weiter“, sagte Dampfwalze, als sie ihre Räder im Radstall an die Haken mit ihren Namen hängten. „Um elf Uhr im Kabuff unter der oberen Treppe! Man darf uns nicht zu viel zusammen sehen vorher. Das fällt sonst auf."

Andi nickte, und getrennt gingen sie auf ihre Zimmer.

Es ist nicht zu fassen, sagte sich Andi. Der meint das tatsächlich ernst! Jedenfalls muss ich mir die Sache noch einmal gründlich überlegen. Dampfwalzes Streiche sind nicht unbedingt immer von der hier üblichen Machart! Aber wie er die Angelegenheit auch betrachtete – er konnte keinen Verstoß gegen die Regeln der Ritter feststellen.

Immer wieder überlegte er: Es wird nichts kaputtgemacht – höchstens unsere Räder. Aber kein fremdes Eigentum! Es wird niemand dadurch geschädigt. Es muss niemand darunter leiden – das heißt, man wird sich natürlich Sorgen machen, wenn wir plötzlich verschwunden sind. Da muss uns noch etwas einfallen, dass wir uns beim Rex irgendwie abmelden. Wenn uns das gelingt, dann allerdings ...!

Doch schon kamen neue Zweifel: Wie weit ist das überhaupt? Kommen wir an einem Tag hin? Und wenn, wo übernachten wir vor der Rückfahrt? Pässe haben wir – aber wie ist das mit dem nötigen Kleingeld?

Vor dem Abendessen kam der kleine Herbert. „Was ist, Andi, wann machen wir wieder einen Streich?“

„Mann, du fragst mir noch ein Loch in den Reifen!“, sagte Andi barsch. „Lass dir halt selber was einfallen.“

Nach dem Essen klopfte er bei Doktor Waldmann. „Entschuldigen Sie, Doktor, hätten Sie vielleicht eine Autokarte? Möglichst eine, wo die Kilometerzahlen draufstehen.“

„Aha, verstehe“, sagte der Doktor. „Unser Rennfahrer sucht nach neuen Trainingsmöglichkeiten.“

Andi nickte, und Doktor Waldmann suchte in seinem Bücherregal. „Hier ist eine von der näheren Umgebung.“

„Prima“, sagte Andi und betrachtete die Karte.

„Noch was?“, fragte der Doktor.

„Ja, wenn ...“, Andi nutzte die Gelegenheit, „... wenn Sie zufällig noch eine von Norditalien hätten, mit den Gebirgen drauf. Weil doch jetzt gerade die Italienrundfahrt läuft. Das möchte ich mir gern mal auf der Karte ansehen.“

Doktor Waldmann schaute noch einmal nach und zog eine große Karte heraus. „Hier ist eine von

Italien, Österreich und der Schweiz. Bitte, aber wiederbringen!“

„Dann ... dann kann ich sie also ein paar Tage haben?“, fragte Andi ungläubig.

„Aber selbstverständlich. Ob du Geografie durch den Radsport lernst oder auf eine andere Weise, ist mir egal. Hauptsache, du lernst sie.“

Andi bedankte sich, steckte die Karten unter seinen Pullover, ging zu Bett, stand rechtzeitig wieder auf und schlich in das Kabuff. Dampfwalze war schon da. Auch er hatte Karten besorgt. Vom Musterschüler Strehlau.

Auf der Karte sah das Unternehmen nicht mehr so gewaltig aus, wie es sich Andi zuerst vorgestellt hatte. Die Burg Schreckenstein lag nicht allzu weit von der Grenze entfernt.

„Mensch, du, ich hätte nie gedacht, dass ich mich noch einmal so für Geografie interessieren würde“, sagte Dampfwalze.

Sie fertigten eine genaue Fahrtskizze an, schauten in den Pässen nach, ob die Gültigkeitsdauer auch noch nicht abgelaufen war, zählten ihr Geld zusammen, überlegten, von wem sie sich unauffällig noch ein bisschen was dazuborgen könnten und wie sie den Rex am besten verständigten.

„Das müssen wir, Dampfwalze, sonst leitet er womöglich eine Fahndung nach uns ein. Und dann ist das kein Streich mehr“, sagte Andi energisch.

Dampfwalze schüttelte den Kopf. „Ich weiß nicht, wie du dir das vorstellst. Wenn wir ihm sagen, wohin wir fahren, lässt er uns nicht weg.“

„Er darf es eben erst erfahren, wenn wir schon unterwegs sind“, erwiderte Andi.

„Wie willst du das machen? Wenn wir ihm einen Brief schreiben – bis der hier ankommt, hat er längst die Polizei alarmiert!“

Andi blieb beharrlich. „Dann muss ihm den Brief eben jemand übergeben, zu einem bestimmten Zeitpunkt, wenn wir schon über die Grenze sind.“

„Und wer soll das sein?“, fragte Dampfwalze, als rede er mit einem Irren.

„Jean zum Beispiel. Zu dem habe ich beste Beziehungen!“

„Meinetwegen.“

Damit war dieses schwierige Problem gelöst. Aber da tauchte schon das nächste auf.

„Sag mal“, fragte Andi, „hast du dir schon überlegt, dass wir übernachten müssen? Hinter der Grenze weiß ich eine Jugendherberge. Aber weiter drunten dann nicht mehr.“

„Darüber zerbreche ich mir nicht den Kopf." Dampfwalze winkte lässig ab.

„An deiner Stelle würde ich das aber doch tun. Unser Geld reicht gerade fürs Essen", sagte Andi aufgebracht über so viel Sturheit. „Und die Nächte in den Bergen sind verdammt kalt!"

Dampfwalze grinste. „Draußen bestimmt. Aber wir schlafen ja drinnen. Ich habe im Engadin nämlich eine Tante!"

Sie kamen überein, dass Dampfwalze der Tante am nächsten Tag telegrafieren solle. Von Wampoldsreuthe aus. Mit der Bitte um Rückantwort durch Brieftelegramm. Ein vollbezahltes Telegramm durch Boten, der mit dem Motorrad auf den Burghof braust, wäre zu sehr aufgefallen.

„Mann, du denkst auch an alles!", lobte Dampfwalze.

Das Telegramm ging ab; die Tante antwortete prompt. Sie freute sich sogar. Andi, der inzwischen die Fahrzeit ausgerechnet hatte, schrieb den Brief an den Rex.

„Wir starten in der Nacht zum Samstag, um drei Uhr. Wenn Jean unseren Brief mittags übergibt, sind wir längst über der Grenze, selbst wenn wir unterwegs Defekt haben sollten", erklärte er.

Wie ein Schmiedehammer fiel Dampfwalzes Hand auf seine Schulter. „Andi, du bist prima! Wie kann ein Mensch, der so wenig wiegt, nur so viel im Kopf haben!“

Andi überlegte, dass sich dieser Satz in der Umkehrung sehr gut auf Dampfwalze anwenden ließe, sagte aber nur: „Jetzt kann uns eigentlich nichts mehr passieren!“

Und da passierte es: Am Freitagnachmittag, als Andi Jean den Brief für den Rex bringen wollte, war Jean nicht da! Mauersäge, der zur Jagd bei seinem Vetter Nicki weilte, hatte ihn mitgenommen. Wie vom Blitz getroffen stand Andi vor der Köchin, die ihm die Hiobsbotschaft übermittelte. Doch da fand er auch schon den einzig möglichen Ausweg, setzte sich auf sein Rennrad und strampelte los. Den Brief im Flaschenhalter an der Lenkstange, bog er in den Weg ein, der von der Hauptstraße direkt zu Schloss Rosenfels führt. Er hatte Glück. Denn gerade als eins ältere, sehr strenges Fräulein auf ihn zusteuerte, kam Sonja aus dem Haus, erkannte ihn und lief ihm entgegen. Andi zog die Begrüßung in die Länge, bis das ältere Fräulein gegangen war, und rückte dann mit der Sprache heraus.

„Fräulein Sonja“, begann er vorsichtig. „Wenn es

um Streiche geht, sind Sie dann für Schreckenstein oder dagegen?“

„Das kommt drauf an“, erwiderte Sonja. „Normalerweise bin ich natürlich gegen euch, wie ihr auch gegen uns seid. Ich denke da an die Seeschlacht …“

Nun erzählte er ihr, was er vorhatte. Sonja fand es ganz toll und war begeistert von Andis Umsicht.

„Da wird sogar der Rex staunen“, sagte sie immer wieder. „Selbstverständlich mache ich das. Ich rudere hinüber, besuche meinen Vater und gebe den Brief ab. Pünktlich. Aber den Mädchen hier darf ich's doch erzählen, oder?“

„Erst am Sonntag“, entschied Andi.

„Abgemacht!“, sagte Sonja und gab ihm die Hand. „Und: toi, toi, toi!“

Dampfwalze wurde doch etwas blass um die Nase, als Andi ihm von dem Pech mit Jean und seinem Ausweichmanöver erzählte.

Nach anfänglichem Misstrauen sah er ein, dass Sonja wirklich nicht die Interessen der Schreckensteiner Lehrerschaft vertrat und es keinen besseren Ausweg gab. Der Brief musste von jemandem kommen, der nichts mit der Burg zu tun hatte.

Am Freitagabend gab es Eier in Senfsoße. Der kleine Kuno, der an Andis Tisch Abräumdienst hatte, war in der Trainingspause gestolpert und saß mit geschwollenem Knöchel am Tisch. Andi nutzte die Gelegenheit und deckte ab.

Auf dem Weg zur Küche bog er unbemerkt nach links, rannte die Treppe hinunter in sein Zimmer, kippte die verbliebenen acht Eier in einen Plastikbeutel und gab erst dann die leeren Schüsseln ab. Nach dem Essen brachte er mit Dampfwalze den Proviant in den Radstall und begab sich anschließend, um ja kein Aufsehen zu erregen, in die Redaktion.

„Ist dir endlich was eingefallen, worüber du schreiben könntest?", fragte Mücke.

„Ja", antwortete Andi. „Am Mittwoch werde ich wohl fertig sein."

„Na, dann ist ja alles bestens", meinte Mücke.

Pünktlich ging Andi zu Bett, wobei er sich erfolgreich bemühte, einen besonders müden Eindruck zu machen. In Wirklichkeit war er hellwach. Schon am Nachmittag hatte er seinen Reisewecker gestellt und ihn im geschlossenen Etui unter das Kopfkissen gelegt. Bei dieser Dämpfung konnte nur er ihn hören. Das war vorher ausprobiert. Lange noch kreisten seine Gedanken um das bevorstehende Ereignis. Erst spät stellte sich der für die lange Tour so wichtige Schlaf ein.

Da wurde er plötzlich durch eine Berührung am Arm geweckt und fuhr herum. Ein Schatten huschte zur Tür hinaus. Andis erster Gedanke war: Ich habe verschlafen! Er stand auf und schlich hinaus. Doch wer stand draußen? Nicht Dampfwalze, sondern der kleine Herbert.

„Was willst du denn hier?“, zischte Andi ärgerlich.

„Ich konnte nicht schlafen“, antwortete Herbert. „Da dachte ich, vielleicht können wir endlich wieder mal einen Streich machen.“

„Du Oberflasche! Weil du nicht schlafen kannst, soll ich mir jetzt was einfallen lassen. Mitten in der Nacht! Mach bloß, dass du ins Bett kommst. Aber sehr plötzlich, ja?“ Damit wandte er sich ab. Ausgerechnet dieser Herbert! Der hatte ihm gerade noch gefehlt!

Andi schlich in sein Zimmer zurück und schaute auf das Leuchtzifferblatt seines Reiseweckers. Zwei Uhr. Es hatte keinen Zweck, wieder ins Bett zu gehen. Er nahm den Wecker und seine Taschenlampe, schlich hinaus und zog sich vor seinem Schrank an.

Pünktlich um drei Uhr traf er Dampfwalze im Radstall. Da Rennräder keine Gepäckträger besitzen, trugen sie ihren Proviant und was sie sonst noch brauchten in kleinen Rucksäcken. An ihre leeren Haken im Radstall hängten sie zur Täuschung zwei alte herrenlose Räder, die in der hintersten Ecke standen. Dampfwalze schloss mit einem Dietrich ab, und dann rollten sie zur Burg hinaus.

Schweigend fuhren sie durch die Nacht, zuerst Dampfwalze im Windschatten von Andi, dann umgekehrt. Hinterradfahren nennt man in Radsportkreisen diese Kräfte sparende Fahrweise.

Schweigend fuhren die Jungen durch die Nacht.

Nach etwa fünfzig Kilometern fragte Dampfwalze, als sie in eine Kleinstadt rollten: „Wie steht's denn mit der Zeit?"

Andi zog die Marschtabelle unter dem Pullover hervor, hielt sie in den Schein der Taschenlampe, die er mit einem Pumpenhalter auf dem Lenkervorbau befestigt hatte, und verglich die hinter dem Ortsnamen eingetragene Zahl mit seiner Uhr.

„Bis jetzt sind wir zehn Minuten schneller."

„Na, dann ist ja alles bestens", antwortete Dampfwalze und übernahm wieder die Führung.

Als die Sonne aufging, betrug der Vorsprung auf der Marschtabelle bereits siebzehn Minuten.

„Wo wollt ihr denn so früh am Morgen hin?", fragte der österreichische Zollbeamte.

Andi erschrak zuerst, fand die Frage aber dann berechtigt. Sie waren die einzigen Passanten.

„Zu einer kranken Tante in die Schweiz", antwortete er gelassen.

„Soso, zu einer Tante", sagte der Zollbeamte. „Wieso stehen dann verschiedene Namen in euren Pässen?"

Aber Andi war nicht auf den Mund gefallen. „Ganz einfach: weil wir von verschiedenen Seiten mit ihr verwandt sind."

Das leuchtete dem Zollbeamten ein, und er ließ sie passieren.

„Hast du prima gemacht“, lobte Dampfwalze, als sie außer Hörweite waren. „Ich dachte schon, der Rex hätte die Grenze sperren lassen.“

„So schnell geht das nicht. Selbst wenn sie’s schon bemerkt hätten und die Polizei verständigt wäre, dauert so was immer noch eine ganze Weile.“

„Bin nur gespannt, wie das an der Schweizer Grenze wird“, sagte Dampfwalze.

Andi winkte ab und nahm einen Schluck aus seiner Rennflasche. „Wetten, dass die zu Hause es überhaupt erst im Unterricht merken?“

Auf der Burg nahm der Tag den gewohnten Anfang: Aufstehen, Dauerlauf, kalte Dusche, Anziehen, Frühstück.

„Wo ist denn der Andi?“, fragte Stephan beim Bettenmachen.

„Wahrscheinlich hat er einen Strafmarsch und ist zu spät aufgestanden“, antwortete Pummel.

„Seit er dauernd um den See radelt, kommt er ja morgens kaum hoch“, fügte Eugen hinzu.

„Wo ist eigentlich Dampfwalze?“, fragte der kleine Herbert beim Frühstück.

„Der hat wohl einen ziemlichen Strafmarsch“, meinte Dieter. „Seit er so schnell Rad fährt, kommt er überall zu spät.“

Alle lachten, und damit war das Thema für sie beendet. In der zweiten Unterrichtsstunde wurden die Fragen nach den beiden wieder laut. Und das zunächst getrennt, denn sie waren nicht in derselben Klasse. Erst während der Trainingspause fing man an, einen Zusammenhang zu sehen. Der Gedanke kam von Gießkanne. Schießbude wiegte bedächtig den Kopf und fragte Doktor Waldmann, der gerade ins Lehrerzimmer trat, nach seiner Meinung.

„Die werden schon wieder auftauchen“, meinte der gelassen. „Vermutlich stecken sie wieder in irgendeiner Rüstung. Das kennen wir ja.“

Die Kollegen lachten, und der Rex, der sich zu ihnen gesellt hatte, sagte: „Dann werden sie ihr Pensum eben am Sonntag nachholen.“

Vor dem Mittagessen redete er schon anders. In der Schulversammlung.

„Wie ihr wisst, sind Dampfwalze und Andi heute nicht zum Unterricht erschienen. Ich bitte euch daher um eure Hilfe: Wir müssen feststellen, wo die beiden sein könnten. Auch wenn sie euch gebeten haben, nichts zu sagen. Immerhin fehlen sie seit sechs Stunden."

Niemand rührte sich, niemand wusste etwas.

„Wer hat sie zuletzt gesehen?", fragte der Rex weiter.

„Ich", meldete sich der kleine Herbert. „Heute Nacht um zwei. Ich konnte nicht schlafen, da bin ich zu Andi und wollte mit ihm einen Streich machen. Aber er hat gesagt, ich soll machen, dass ich ins Bett komme."

Die Ritterschaft quittierte diese Ausführung mit schallendem Gelächter. Nur der Rex blieb ernst. Er bat alle, nach Anzeichen für das unerklärliche Verschwinden zu suchen.

Von da an hatte er keine ruhige Minute. Dauernd klopfte es an seiner Tür, und immer war es ein anderer Ritter, der irgendetwas entdeckt hatte. Der eine brachte ein verlorenes Schulheft von Dampfwalze, der nächste eine alte Socke von Andi, der dritte meldete: „Im Duschraum fehlen Andis Waschsachen, die von Dampfwalze dagegen sind da."

Da kamen Ottokar und Stephan. „Im Radstall fehlen ihre Räder. Stattdessen haben sie zwei ganz alte Klapperkisten an ihre Plätze gehängt. Das sieht nach Verdunkelung aus."

Dieser Ansicht war auch der Rex und bat die beiden, anhand der Kleiderlisten in den Schränken festzustellen, was Andi und Dampfwalze wohl anhatten.

Der nächste Besucher war Doktor Waldmann, dem plötzlich die Geschichte mit den Straßenkarten verdächtig vorkam.

„Aber wo sollten sie denn hinwollen?", fragte der Rex.

„In Italien läuft gerade ein großes Radrennen", sagte der Doktor.

„Ich bitte Sie, Waldmann!" Der Rex schüttelte den Kopf. „Wir sind hier zwar einiges gewöhnt, aber Italien dürfte doch ein bisschen weit sein."

Doktor Waldmann zog die Schultern hoch. „Allmählich halte ich alles für möglich."

„Vielleicht ist in Neustadt oder sonst wo in der Nähe auch ein Radrennen", sagte der Rex.

Da klopfte es. Sonja stand vor der Tür und übergab verabredungsgemäß den Brief.

Der Rex riss ihn auf, las erst leise, schüttelte den Kopf, sagte: „Diese Teufelsbraten!", und las vor:

„Lieber Herr Meyer,
wir machen eine Reportage von der Italienrundfahrt für die nächste Nummer vom Wappenschild. *Wir teilen Ihnen dieses nur mit, damit Sie sich keine Sorgen machen. Es soll ja ein Streich sein, unter dem niemand zu leiden hat.*

Bis Sie den Brief bekommen, sind wir schon fast auf dem Stilfser Joch, in Eis und Schnee. Aber wir haben warme Sachen mit.

Was wir in der Schule versäumen, holen wir schon nach.

Es grüßen Sie herzlich
Andi und Dampfwalze!"

Doktor Waldmann war sprachlos. Dann machte er Sonja schwere Vorwürfe, wie sie sich für einen solchen Botendienst hergeben könne. Doch Sonja berichtete wahrheitsgemäß, vom Inhalt des Briefes nichts Genaues gewusst zu haben. Sie sei lediglich der Bitte nachgekommen, ihn abzugeben.

Der Rex gab sich alle Mühe zu schimpfen. „Diese Teufelsbraten! Wie genau sie sich das überlegt haben! Bei dem Vorsprung können wir sie nicht mehr an der Grenze abfangen lassen. Aber ich kriege sie trotzdem! Sie übernachten bestimmt bei

Dampfwalzes Tante. Ohne diesen Stützpunkt hätten sie sich wohl nicht auf eine so große Tour eingelassen."

„Mann, ich kann überhaupt nicht mehr sitzen!", klagte Dampfwalze. „Dieser Rennsattel ist ja wohl das Letzte!"

„Was willst du denn?" Der Lastwagenfahrer lachte. „Seit zwei Stunden sitzt du bei mir im Auto. Stell dir vor, du hättest den ganzen Weg raufstrampeln müssen!"

„Da wäre er sowieso nicht zum Sitzen gekommen", sagte Andi. „Bei seinem Gewicht muss er bei jedem Buckel aus dem Sattel."

Glücklicherweise waren sie noch vor der langen Steigung am Erfrischungsstand einer Tankstelle mit dem Fernfahrer ins Gespräch gekommen und mitgenommen worden. Trotz aller Sportbegeisterung ein Glück für die beiden.

Und dann gab es da noch ein Hindernis, das ihnen immer schwerer im Magen lag, je weiter sie kamen: der italienische Zoll. Im Führerhaus des Lastzuges fühlten sich die beiden doch geborgener und vor möglichen Nachforschungen seitens der Schule sicherer als allein auf ihren schmalen Rädern. Zumal der italienische Zoll ja auch die Sprachgrenze darstellte.

„Mann“, sagte Dampfwalze, als sie, den Grenzort hinter sich, wieder auf ihren Sätteln saßen. „Dass es hier gut gehen würde, hätte ich nie gedacht.“

„Na siehst du!“, antwortete Andi, der sich auch sehr viel wohler fühlte. „Und nun geht es auch noch bergab. Jetzt rollen wir gemütlich zu deiner Tante.“

Dampfwalze richtete sich auf und machte ein langes Gesicht wie ein Pferd. „Da sind wir längst vorbei. Die wohnt doch in der Schweiz – im Engadin. Das habe ich ganz vergessen!“

Auf der Burg fand nach dem Abendessen wieder eine Schulversammlung statt.

„Wir wissen jetzt, wo die beiden Ausreißer sind“, sagte der Rex, und es klang, als könne er ein leichtes Schmunzeln nur schwer unterdrücken. „Sie machen eine Reportage über die Italienrundfahrt.“

Ein Raunen der Bewunderung ging durch die Reihen.

„Manometer!“, sagte der kleine Herbert in die Stille.

„Das hört sich recht kühn an“, fuhr der Rex fort. „Glücklicherweise aber sind die beiden doch recht besonnen vorgegangen. Sie haben einen Stützpunkt unterwegs, bei Dampfwalzes Tante, mit der ich versuche, in telefonische Verbindung zu kommen. Bis jetzt habe ich sie allerdings noch nicht erreicht. Außerdem haben sie mir einen Briet hinterlassen, damit wir uns hier nicht um sie sorgen."

Bei dem Wort „hinterlassen" ging ein Lächeln über Doktor Waldmanns Gesicht.

Auch der Rex bemerkte es, sprach aber weiter: „Trotzdem möchte ich niemandem raten, eine solche oder ähnliche Tour nachzumachen, auch wenn er noch so umsichtig vorginge. Ich hoffe, ich habe mich deutlich genug ausgedrückt."

Die Ritter schwiegen.

Der Rex fuhr in ruhigerem Ton fort: „Morgen wollen unsere beiden Ausreißer nun, wahrscheinlich im Auto mit Dampfwalzes Tante, zum Stilfser Joch fahren und die große Reportage über das Rennen machen. Da das Joch, wie ihr hoffentlich aus dem Geografieunterricht wisst, in Italien liegt, habe ich für alle Fälle Doktor Schüler mit seinem schnellen Wagen hinterhergeschickt. Er spricht Italienisch. Es könnte ja sein, dass unsere beiden Helden in Schwierigkeiten kommen, weil sie sich nicht verständigen können."

Erst jetzt wich das Erstaunen. Den Rittern wurde klar, dass hier der ungeheuerlichste Streich im Gange war, den die Schreckensteiner jemals erlebt hatten. Alle murmelten durcheinander.

Dieter hob die Hand, um sich zu Wort zu melden. „Herr Meyer, die Bergetappe wird morgen Nachmittag im Fernsehen übertragen. Ich weiß es aus der Programmzeitung."

„Wann?", fragte der Rex.

„Um halb vier. Dürfen wir da zuschauen?"

Ein vielstimmiges „Ja, bitte!" hallte durch das Wohnzimmer.

„Einverstanden", sagte der Rex.

Damit war die Schulversammlung beendet. Die Ritter dankten mit kräftigem Applaus.

Im Hinausgehen wurde die sensationelle Nachricht lautstark besprochen.

Am meisten von allen ereiferte sich Mücke. „Dieser Andi ist eine Wucht von einem Redakteur! Da gibt man ihm den Auftrag, einen kleinen Beitrag zu schreiben, und was macht er daraus? Eine Schlagzeile!"

Und niemand auf Schreckenstein ahnte, dass die Ausreißer ohne Besuch bei der Tante längst über alle Schweizer Berge waren! Jetzt suchten sie eine Bleibe für die Nacht.

Hätte Dampfwalze nicht von einer Ferienreise mit seinen Eltern her gewusst, dass Herberge auf Italienisch „Albergo“ heißt, wären die beiden nicht ohne Weiteres zu einem Quartier gekommen. Aber es gab noch einige Schwierigkeiten. Der Wirt, dem der Albergo und das Ristorante gehörten, machte anfangs ein sehr mürrisches Gesicht, und das nicht nur, weil er kein Deutsch verstand. Immer wieder deutete er auf Andi und Dampfwalze, sprach sehr heftig und gestenreich mit seiner Frau, wobei jedes Mal das Wort „Policia“ fiel.

„Ich glaube, er will uns die Polizei auf den Hals hetzen“, brummte Dampfwalze. „Lass uns lieber weiterfahren.“

Doch da kam der Koch, der etwas Deutsch radebrechte. „Ihr wohl ausgerissen, wie?“, fragte er. „In eurem Alter man nicht fährt einfach ins Ausland.“

Glücklicherweise gelang es Andi, ihn zu beschwichtigen. „Wir machen für unsere Schülerzeitung eine Reportage von der Radrundfahrt morgen am Stilfser Joch“, erklärte er. „Unser Schulleiter weiß Bescheid. Mein Freund hat außerdem Verwandte in der Nähe.“

Der Koch übersetzte, was Andi gesagt hatte. Da ging plötzlich ein Leuchten über das Gesicht des Wirts. Er drückte den beiden die Hand und sprach dazu so schnell und unverständlich, dass es sich anhörte, wie wenn ein Tonband rückwärts läuft.

Andi und Dampfwalze, die nicht wussten, was dieser offensichtliche Stimmungsumschwung bedeuten sollte, sahen einander verständnislos an, bis der Koch den Redeschwall seines Herrn übersetzte. „Der Chef sagt: Herzlich willkommen. Er selbst alter Radrennfahrer, eure Sportbegeisterung primissima."

Er erkundigte sich nach den Verwandten, die angeblich in der Nähe wohnten. Als er hörte, es sei eine Tante drüben in der Schweiz, und das dem Wirt übersetzte, brach der in ein großes Gejammere aus.

„Alte Dame wird sich fürchten", dolmetschte der Koch. „Ihr mir Adresse sagen. Wir ihr beruhigen!"

Sie mussten sich in die Gaststube setzen, wo ihnen der Wirt höchstpersönlich Berge von Spaghetti auftrug, die sie in Rekordgeschwindigkeit vertilgten. Dann kam er mit einem Album an den Tisch und zeigte ihnen die Fotos von seiner Laufbahn als Radrennfahrer. Auch der Koch und die Frau des Wirts gesellten sich dazu, und es wurde ein gemütlicher Abend voller Fachsimpelei. Übersatt und todmüde sanken sie endlich in die Doppelbetten eines leicht muffigen Fremdenzimmers.

„Mann, da haben wir vielleicht Schwein gehabt“, sagte Dampfwalze und kroch im Pullover unter die Decke. Außer seinem Waschzeug hatte er nämlich auch den Schlafanzug vergessen.

Andi war weniger optimistisch. „Ich hin nur gespannt, was wir morgen zahlen müssen!“

Da klopfte es.

„Prego“, rief Dampfwalze.

Die Tür ging auf, und herein kamen der Wirt, die Wirtin und der Koch. Sie wollten wissen, ob die beiden zufrieden seien oder ob sie noch einen Wunsch hätten. Andi und Dampfwalze bedankten sich höflich. Der Wirt und die Wirtin wünschten ihnen gute Nacht.

Als sie schon draußen waren, streckte der Koch den Kopf noch einmal herein. „Keine Sorge wegen Bezahlen“, erklärte er schmunzelnd. „Chef hat gesagt: Ruf Tante an. Sie bezahlen. Tante sehr aufgeregt. Schuldirektor auch mit sie telefoniert. Jetzt sie ist ruhig. Und Besuch kommen von eurer Schule, Herr mit Sportwagen. Schlaft gut, Malefizbuben.“

„Ach du grüne Neune!“, seufzte Dampfwalze, nachdem der Koch gegangen war. „Der Rex hat uns Doktor Schüler hinterhergeschickt.“

Andi saß in seinem Bett und schüttelte den Kopf. „Da hätten sie uns ja um ein Haar erwischt! Wären wir nicht mit dem Lastwagen vorbeigefahren, säßen wir jetzt in der Falle. Hättest mir ja auch sagen können, dass der Rex von deiner Tante weiß, du Depp.“

Dampfwalze streckte sich behaglich, grinste und sagte: „Siehst du, Andi, man kann ruhig dumm sein, nur Glück muss man haben.“

Auf der Burg warteten Ritter und Lehrer, dass es endlich halb vier Uhr würde. Um drei Uhr begab sich Doktor Waldmann ins Wohnzimmer, um den Apparat einzustellen. Als er eintrat, war bereits die gesamte Ritterschaft versammelt. Mucksmäuschenstill warteten alle, obwohl doch jeder wusste, dass es noch zu früh war. Die laufende Sendung spielte im Zirkus. Clowns trieben ihre Späße und waren sehr komisch, aber niemand lachte.

„Wir sitzen da, als wären wir sicher, dass Andi und Dampfwalze nicht nur das Rennen mitfahren, sondern mindestens auch die Bergwertung gewinnen“, lästerte Mücke. Den Fachausdruck Bergwertung kannte er von Andi.

„Sehr richtig", pflichtete Stephan bei. „Wir werden ein Radrennen sehen, und damit hat es sich."

Auch Ottokar wollte noch etwas bemerken, aber da wurde auf die Eurovisionszentrale umgeschaltet. Zuerst kam eine endlos lange Ansage, welche Länder angeschlossen seien und welche Fernsehgesellschaften für die Sendung verantwortlich zeichneten und so fort. Dann sah man minutenlang Berge von Weitem, dann viele Menschen im Schnee, die fröstelnd herumstanden. Endlich schwenkte die Kamera, und man erkannte, wo sie sich befanden: auf der Passhöhe des Stilfser Jochs. Während ein Sprecher allerlei Wissenswertes über die herrliche Bergwelt von sich gab, schwenkte die Kamera weiter, die Straße hinunter. Rechts und links standen dicht gedrängt die Zuschauer, die von Polizisten angehalten wurden, nicht zu weit vorzutreten. Alle folgten der Aufforderung. Nur an einer Stelle hatte das sonst schnurgerade Spalier eine Beule. Die Kamera holte den Punkt heran. Man sah viele Polizisten um einen Wagen herumstehen, der hier offensichtlich nicht parken durfte. Ein Polizist auf einem Motorrad kam hinzu. Da öffnete sich der Kreis der Umstehenden.

„Mensch, das ist doch … das ist … tatsächlich, das ist ja unser Schüler!“ Mücke hatte ihn zuerst erkannt.

Es war tatsächlich der „rasende“ Lateinlehrer mit seinem Sportwagen, der hier im Wege stand und mit beiden Händen auf die Polizisten einredete. Man nötigte ihn zum Einsteigen und, geleitet von dem Polizisten auf dem Motorrad, fuhr er aus dem Bild.

„Das ist ja das Allerhöchste! Jetzt haben sie unseren Doktor Schüler verhaftet!“, rief Klaus und schlug sich auf die Schenkel.

„Quatsch, er war nur im Weg!“, verteidigte Musterschüler Strehlau seinen Lieblingslehrer.

Die Ritter lachten und konnten sich über die unerwartete Begegnung gar nicht beruhigen. Erst als der Rex meinte, sie sollten endlich still sein und aufpassen, denn wo Doktor Schüler sei, da könnten Andi und Dampfwalze nicht weit sein, wurde es schlagartig ruhig.

Aber nichts geschah. Man sah nur Polizisten und Zuschauer, die von einem Fuß auf den anderen traten.

„Muss ganz schön kalt sein da oben“, stellte der kleine Eberhard fest.

„Ach nee", erwiderte Witzbold Klaus, dass es alle hören konnten, und fügte zur allgemeinen Erheiterung noch hinzu: „Da lässt dich deine Mami nicht ohne Mantel hin!"

Andi und Dampfwalze waren in der Tat nicht weit. Nicht allzu weit. Nur ein paar Serpentinen weiter unten. Dort gab es zwar auch eine Fernsehkamera, aber sie übertrug zurzeit nichts. Der Kameramann saß auf dem Sozius eines schweren Motorrads, angeschnallt, hinter sich die lange Antenne für die drahtlose Bildübermittlung, und wartete auf das Eintreffen des Feldes der Rennfahrer, um den Sturm zur Passhöhe aufzunehmen. Andi und Dampfwalze, die ganz in seiner Nähe mit ihren Rädern standen, hatten sich schon mit ihm angefreundet. Er sprach als Südtiroler gut Deutsch und wusste auch allerhand vom bisherigen Verlauf des Rennens und von den Rennfahrern zu berichten.

Nachdem vor allem Andi ihn über sämtliche Einzelheiten ausgequetscht hatte, sagte der Kameramann: „Ihr wisst ja sehr gut Bescheid. Woher kommt ihr überhaupt? Seid ihr mit euren Eltern hier?"

Andi schüttelte den Kopf und gestand die Wahrheit.

„Deshalb!“, sagte der Kameramann. „Ich hatte mich doch schon gewundert, wieso ihr so verteufelt echt ausseht. Wie richtige Rennfahrer, denen man die Strapazen der langen Strecke im Gesicht ablesen kann. Das finde ich ja toll, dass ihr die ganze Strecke hergefahren seid! Das nenne ich Sportgeist! Bleibt schön in meiner Nähe. Wenn es geht, nehme ich euch zwischendurch mal auf: die Giganten der Landstraße von morgen!“ Und er sprach auf Italienisch weiter. Zuerst zu den absperrenden Polizisten, dann in sein Mikrofon, das ihn mit der Fernsehzentrale verband.

„Mann!“, sagte Dampfwalze stolz und stieß Andi in die Rippen.

Andi strahlte nicht weniger, als er antwortete: „Hier sagt man nicht ‚Mann‘, hier sagt man ‚Signore‘!“

Die Fernsehzuschauer in halb Europa erlebten den Aufstieg der Giganten von der Talsohle bis zur Passhöhe und zum Abschluss noch einen Teil der tollkühnen Abfahrt.

Völlig im Banne des Geschehens verfolgten die Ritter im Wohnzimmer den Kampf dreier Ausreißer, die mit zwei Minuten Vorsprung vor dem

Hauptfeld den mächtigen Berg in Angriff nahmen. Über feststehende und mitfahrende Kameras sahen sie die Rennfahrer mal von vorn, mal von hinten, dann wieder das Verfolgerfeld oder Nachzügler zwischen und hinter zahlreichen Begleitfahrzeugen der Betreuer und Funktionäre. Dazu übermittelte der Sprecher die ständig wechselnden Zeitabstände, berichtete, wer Boden gewonnen hatte und wer zurückgefallen war, sodass bald auch der Radsportunkundigste genau Bescheid wusste und mit Spannung das weitere Geschehen verfolgte.

„Eines steht jedenfalls fest“, meinte Stephan trocken. „Wir sehen hier sehr viel mehr als die beiden!“

Wie gebannt starrten sie auf den Bildschirm.

Der Rex und Ottokar lachten. Weitere Bemerkungen unterblieben, denn die drei Ausreißer waren gerade eingeholt worden und erschöpft ins Feld zurückgefallen. Je länger der Anstieg dauerte, desto mehr zog sich die Kette der Fahrer auseinander, bis sie sich in kleine Grüppchen auflöste.

„Eigentlich recht langweilig“, brummte Mücke. „Einer vorn, alle andern in Abständen dahinter.“

Die Ritter lachten.

„Dann schaut euch mal die Zuschauer an!“, sagte der Rex. „Wer Dampfwalze und Andi entdeckt, bekommt von mir eine Tafel Schokolade und braucht morgen keine Feldarbeit zu machen.“

Und schon war es nicht mehr langweilig. Alle suchten nach den beiden, vergaßen darüber völlig das Rennen, redeten durcheinander, suchten weiter und wurden, je länger sie vergeblich suchten, immer ausgelassener.

„Da ist Dampfwalze“, sagte Witzbold Klaus und deutete auf einen besonders dicken Zuschauer, der einen kleinen Buben auf dem Arm hatte.

Über das brausende Gelächter hinweg rief Dieter: „Dann ist der Kleine auf seinem Arm wohl Andi?“

„Quatsch. Doktor Schüler natürlich!“, widersprach Mücke.

Erst als der neue Spitzenreiter den Spurt um die Gipfelprämie anzog und kurz vor der Passhöhe doch noch von einem bis dahin in scheinbar abgeschlagener Position kletternden Fahrer abgefangen wurde, wandte sich das Interesse wieder dem sportlichen Geschehen zu. Und dabei blieb es, denn die nun folgende Abfahrt war ungleich spannender als der beschwerliche Aufstieg. Auf der Passhöhe nahmen die Fahrer Zeitungen entgegen, die ihnen die Zuschauer hinhielten, und steckten sie unter ihre Trikots, um sich gegen den kalten Fahrtwind zu schützen. Das war auch nötig, denn sie fuhren wirklich halsbrecherisch zu Tal. Auch einen gefährlich aussehenden Sturz gab es. Ein Fahrer hatte eine leichtere Biegung zu scharf genommen, rutschte aus in dem Schneewasser, das die Straße hinunterfloss, und flog über den Rand der Kurve in den Schnee. Das war sein Glück. Ein paar Kilometer weiter unten wäre er auf harten Fels aufgeschlagen und höchstwahrscheinlich im Krankenwagen weggefahren worden. So aber streifte er nur den Schnee ab, stieg auf sein Rad und raste weiter. Auf einer längeren Geraden des Gefälles schwenkte ein Kameramann in einem der Begleitwagen plötzlich von den vorausfahrenden Rennfahrern auf den Tachometer: Er zeigte hundert Stundenkilometer.

„O Verzeihung!", sagte Witzbold Klaus.

Diesmal lachte niemand.

Zwischendurch zeigte die feststehende Kamera auf der Passhöhe immer wieder das Eintreffen von Nachzüglern. Von Mal zu Mal lichteten sich die Reihen der Zuschauer, bis nur noch die unentwegten Zeitungsausgeber an der Straße standen.

„Da steht ja der Wagen von Doktor Schüler!", sagte Strehlau unvermittelt und deutete auf den Bildschirm.

„Und da ist er! Neben dem Polizisten", fügte Hans-Jürgen hinzu. Er hatte recht. Es war der rasende Lateinlehrer!

Wieder folgten Bilder von der Abfahrt. Der Sprecher meldete die neue Spitzengruppe; der Fahrer, der die Bergprämie gewonnen hatte, war nicht dabei. Er hatte schon wieder einen Rückstand von zwei Minuten. Mit der Zeit wurde auch der Wagemut der Abfahrer langweilig. Es war immer dasselbe Bild. Doktor Waldmann und Gießkanne standen auf und gingen hinaus.

„Ich geh auch", verkündete Ottokar. „Wer kommt mit?"

Da wurde das Bild umgeschaltet, und der Sprecher sagte: „Jetzt, meine Damen und Herren, sehen Sie noch einmal die Passhöhe. Wir erwarten die Ankunft der letzten Nachzügler, die mit mehr als dreißig Minuten Rückstand diesen schwersten Teil der Rundfahrt hinter sich gebracht haben."

Anfangs sah man gar nichts. Nur die Wagen der aufbrechenden Zuschauer. Dann tauchte ein großer, schwerer Fahrer zwischen den Fahrzeugen auf, griff nach einer Zeitung und machte sich an die Verfolgung. Einige Zuschauer klatschten. Unter ihnen auch Doktor Schüler. Eine Weile kam wieder nichts. Man sah nur die Polizisten, die sich bemühten, eine schmale Gasse für die Letzten der Letzten offen zu halten.

„Worauf warten wir eigentlich noch?", fragte Ottokar und stand endgültig auf.

Da verkündete der Sprecher mit erhobener Stimme: „Und jetzt, meine Damen und Herren, erleben Sie ein auf dieser Rundfahrt noch nicht gesehenes Schauspiel: zwei Fahrer, die sich diese schwerste aller Etappen ausgesucht haben, um festzustellen, was sie noch lernen müssen. Sie haben sich hervorragend geschlagen. Hut ab vor den Giganten der Landstraße von morgen!"

Die Zuschauer an der Strecke wurden unruhig, Beifall und Hochrufe wurden laut. Alle reckten die Hälse, traten vor und schauten die Straße hinunter. Und da kamen sie. Voraus ein Schmaler, im Sattel sitzend und mit kräftigen Tritten der Passhöhe zustrebend. Doktor Schüler drängte sich vor, um ihm die letzten Blätter seiner Zeitung zu geben. Der Fahrer schien ihn nicht zu bemerken. Doktor Schüler hob die Hand mit der Zeitung, doch statt sie ihm zu reichen, rannte er nebenher und hielt den tapferen Ritter des Pedals am Sattel fest. Die Kamera holte die Szene heran, und durch das Wohnzimmer der Burg hallte es wie vor einem entscheidenden Tor auf dem Handballplatz: „Aaaaandiiii!"

Die Ritter schlugen sich auf die Schenkel, brüllten, warten die Arme hoch und feierten den ersten Schreckensteiner im Fernsehen mit dem ganzen Schwung ihrer jungen Jahre. Auch der Rex bekam im Taumel der Begeisterung einen saftigen Schlag auf die Schulter.

Dazwischen brüllte Rolle: „Da kommt Dampfwalze!"

Tatsächlich. Abgekämpft in den Pedalen stehend, quälte sich Dampfwalze über die letzten Meter, direkt in die Arme von Doktor Schüler. Als er sich aufrichtete und vom Rad sank, erlebten Millionen in ganz Europa ein Schauspiel, das den Jubel auf der Burg jäh beendete: Sie sahen einen weinenden Ritter.

„Buuuuuh!“, hallte es nach Sekunden der Bestürzung durch das Wohnzimmer. Dann plötzlich die helle Stimme des kleinen Herbert: „Der ist ja verletzt!“

Alle starrten wieder auf den Bildschirm. Dampfwalze hatte den Kopf zur Seite gedreht. Von der Schläfe lief ihm das Blut herunter in den Kragen. Doktor Schüler hielt ihn am Kinn und betrachtete die Wunde, während Dampfwalze mit den Zähnen klapperte.

„Die können sich auf was gefasst machen!“, sagte der Rex in sichtlicher Erregung.

Da kam wieder die Stimme des Sprechers: „Dieser junge Held hat die ganze Härte des Rennens erfahren. Ein rücksichtsloser Zuschauer, der über die Straße rannte, hat ihn aus dem Sattel geworfen. Solche Vorkommnisse sind bei einer Rundfahrt leider unvermeidlich.“

Die Ritter sahen einander an. Dampfwalzes Missgeschick, in aller Öffentlichkeit erklärt, änderte natürlich einiges an dem Gesamteindruck. Doch der

Jubel war verrauscht. Jetzt begannen die Diskussionen. Bis zum Abend hatten sich zwei Ansichten herausgebildet.

„Andi war klasse! Aber Dampfwalze hat die ganze Wirkung zunichtegemacht!“, sagten die einen.

„Dampfwalze war prima. Trotz Sturz hat er durchgehalten. Die Tränen kamen nur von der Kälte“, sagten die anderen.

Nach dem Zubettgehen, als die Lichter längst gelöscht waren, wurde der Meinungsstreit im Flüsterton weitergeführt.

So kam es, dass lange nach Mitternacht ein Motorgeräusch vom Burghof her wie eine Alarmglocke wirkte. Doktor Schüler hatte die beiden Pedalritter zurückgebracht. Während sie ihre Räder vom Koffergestell abschnallten, fand sich die gesamte Schule ein. Auch der Rex war aufgestanden und ordnete sofort eine Schulversammlung an.

Übernächtigt, in Bademänteln und Pantoffeln, warteten die Schreckensteiner im Wohnzimmer. Erst nach einer geraumen Weile kam der Rex mit Doktor Schüler, Ottokar, Andi und Dampfwalze, der jetzt, statt des Pflasters, mit dem er eingetroffen war, einen leuchtend weißen Kopfverband trug.

„Ich habe euch gleich zusammengerufen", sagte der Rex, „weil ihr sonst die halbe Nacht weiterredet und morgen im Unterricht schlaft. Das Unternehmen von Dampfwalze und Andi war letzten Endes doch unverantwortlich. Solche Strapazen können leicht zu gesundheitlichen Schäden führen. Ganz davon abgesehen, dass ein Fernsehauftritt innerhalb eines Radrennens bei aller Sportbegeisterung doch mehr unter ‚Angabe' fällt. Auch wenn ein Reporter die beiden dazu ermuntert hat. Was ich anerkennen muss, ist die Sorgfalt, mit der sie ihr Unternehmen vorbereitet haben. Sie haben trainiert, um die lange Fahrt durchstehen zu können. Sie haben Dampfwalzes Tante von ihrem Besuch unterrichtet. Sie haben anhand von Landkarten Strecke und Fahrzeit genau berechnet, und sie haben mich verständigt, damit wir nicht erschrecken oder uns Sorgen machen. Auch wurde kein fremdes Eigentum beschädigt. Handelt es sich demnach um einen echten Schreckensteiner Streich, der nicht bestraft wird? Nein! Denn es wurde doch jemand erschreckt: Dampfwalzes Tante. Die beiden haben sich zwar angemeldet, sind aber nicht eingetroffen. Erst am Abend kam ein Anruf, wo sie geblieben waren. Die Tante war sehr beunruhigt. Auch die Eltern, die wir ja verständigen mussten. Und das muss bestraft werden. Dampfwalze und Andi werden also von ihrem Taschengeld das Benzin ersetzen, das Doktor Schüler ihretwegen verfahren hat. Abgesehen davon aber und unter der eindringlichen Ermahnung, dass eine so weite Entfernung von der Burg nie mehr vorkommen darf, war es schon eine wirklich beachtliche Leistung."

Mit einem Blick zu Dampfwalze und Andi verließ er den Raum.

Die Ritter folgten. Im Hinausgehen drängten sich Dampfwalzes Anhänger um Dampfwalze und Andis Anhänger um Andi.

„Ich habe eben mit Ottokar gesprochen", sagte Stephan zu Andi. „Morgen Nacht wirst du in der Folterkammer zum Ritter geschlagen. Nach der Sache gehörst du zu uns. Das ist klar."

Mücke trat hinzu und sagte: „Hoffentlich wird der Bericht bis Mittwoch fertig, Ritter Felgenbremse!"

Und auf einmal war auch der kleine Herbert da. „Mensch, Andi, toll! Warum hast du mich nicht mitgenommen?"

Die Umstehenden lachten.

Dann sagte Andi: „Mann! Dir wäre ja die Luft

schon in Wampoldsreuthe ausgegangen. Da, iss mal erst ein paar Kilo Astronautencreme!“

Die Jungen von Burg Schreckenstein

Ein Kult lebt wieder auf!

Könnte es einen besseren Ort zum Lernen und Leben geben als eine Raubritterburg? Nein, finden die Schüler und Lehrer der Jungenschule in Neustadt und ziehen kurzerhand in die geheimnisumwitterte Burg Schreckenstein. In dem uralten Gemäuer mit Folterkammer und Burgfried wird selbst der Unterricht zum Abenteuer! Außerdem befindet sich zur Freude der Jungs ganz in der Nähe das Mädcheninternat Schloss Rosenfels, dessen Schülerinnen willkommene Opfer für eine Menge lustiger Streiche sind. Und egal, was passiert, eins steht fest: Die jungen Ritter halten zusammen wie Pech und Schwefel!

Band 1:
Die Jungen von Burg Schreckenstein
ca. 160 Seiten, gebunden
€ 8,99 [D]
ISBN 978-3-505-13196-7

Band 2:
Auf Schreckenstein geht's lustig zu
160 Seiten, gebunden
€ 8,99 [D]
ISBN 978-3-505-13197-4

Band 3:
Auf Schreckenstein gibt's täglich Spaß
208 Seiten, gebunden
€ 8,99 [D]
ISBN 978-3-505-13198-1

Oliver Hassencamp
Die Jungen von Burg Schreckenstein

Schneiderbuch
EGMONT

Leseprobe

geheimer start mit »monitor«
von Rolf Ulrici

Alle saßen sehr bequem in hochmodernen Drehsesseln. Micha hielt den Pudel an sich gepresst. Henri und Superhirn – der eine auf dem Platz des Bordkommandanten, der andere auf dem des Flugingenieurs – starrten gespannt auf eine sonderbar flimmernde glatte und runde Fläche des Himmelsvisor. Er ermöglichte ihnen aus dem sausenden Raumschiff heraus einen Ausblick ins All.

Wie gesagt – die sonderbare Besatzung saß bequem, gar nicht so eingeengt wie die ASTRONAUTEN oder KOSMONAUTEN in den bisher der Öffentlichkeit bekannten Kapseln. Niemand trug einen RAUMANZUG. So, wie sie im Hochmoor gezeltet hatten, in Pullis, Jeans und Trainingsanzügen, befanden sie sich jetzt an Bord des Raumschiffs „Monitor“.

„Genau 7750 Meter in der Sekunde!“, gab Superhirn bekannt.

Jetzt grinste Henri. „Bevor der Pudel richtig ‚Männchen' machen kann, sind wir über sieben Kilometer geflogen!"

„Aber davon merke ich nichts!", rief Micha ärgerlich.

„Sei froh, dass du nichts davon mitbekommst", fuhr ihn Prosper an, „und dass du nicht wie ein verschnürtes Paket in einem Schutzanzug im KONTURENSESSEL liegen musstest, um die BESCHLEUNIGUNG beim Start von der Erde zu überstehen!"

„Und den fürchterlichen Druck in den gewöhnlichen Raumschiffen", fügte Gérard hinzu. „Das Ding, in dem wir sitzen, ist das reinste Wolkenkuckucksheim!"

„Achtung – Bildschirm zwei!", rief Henri erregt.

Alle starrten auf die linke Seite des Kommandoraums.

„Nun, meine Freunde? Wie steht's?", meldete sich der Professor.

Der Klang war sanft, fast schmeichelnd, wenn auch etwas verzerrt. Er passte gar nicht zu dem schrecklichen Anblick.

„Hallo, Professor Charivari!", meldete sich Superhirn. Rasch blickte er auf den Bildschirm drei und auf den KURSRECHNER neben sich. „Die Piraten haben ihren Kurs geändert. Wir hatten 6-1-0-6-5-5, dann mehrere Zwischenwerte, im Augenblick sind wir bei 0-0-0-0-0-0!“

„Aha“, erwiderte die Stimme des Kahlschädels auf dem Bildschirm. „‚Meteor‘ ist in die Erdumlaufbahn eingeschwenkt. Stellt den Steuer-Computer auf 0-0-0-0-0-1, dann unterlauft ihr seine Bahn etwas. Drückt die DIFFERENZ-Taste auf X minus 5000! So bleibt ihr automatisch in gefahrlosem Abstand!“

„Und?“, rief Henri.

„Der Flüchtende wird bald wieder auf dem Himmelsvisor sichtbar werden, auf dem Befehlstisch vor euch!“

„Was sollen wir dann tun?“, fragte Superhirn sachlich.

„Ihn beschatten“, klang es aus dem Lautsprecher. „Auf der Erde würde man sagen: Bleibt ihm auf den Fersen! Die Piraten wissen nicht, wer und wie viele ihr seid, deshalb geht nie auf Bildfunk!“

„In Ordnung“, bestätigte Superhirn.

„Auf jeden Fall“, tönte die Stimme des Professors weiter durch den Kommandoraum, „auf jeden Fall habt ihr das stärkere Fahrzeug für Angriff und Abwehr. Die Piraten werden sich überlegen, ob sie nicht besser zur Station zurückkehren sollten, um sich zu ergeben. So, ab jetzt seid ihr auf euch gestellt. Superhirn kennt die Geräte. Jeder Funkverkehr wird abgebrochen, damit die Fliehenden im Unklaren bleiben."

Der Kahlschädel mit dem Strippenbart verschwand vom Bildschirm.

„Wir sind jetzt in zweihundertachtzig Kilometer Abstand von der Erde in die Kreisbahn eingeschwenkt", meldete Superhirn. „Falls die Piraten keine Kursänderung vornehmen, weil sie uns ihr Ziel nicht verraten wollen, bleiben wir auch auf der Erdumlaufbahn. Dann kreisen wir an einem Tag – in vierundzwanzig Stunden – sechzehn Mal um den Globus."

„Sechzehn Mal um die Erde … an einem Tag …?", wiederholte Micha staunend.

„Ja! Das bedeutet: in jeweils eineinhalb Stunden einmal herum!"

Micha runzelte die Stirn und zupfte zerstreut an den Ohren des Pudels.

Plötzlich fragte er: „Und an welchem Punkt müsste der Professor durch die ganze Erde gekrochen sein, wenn er uns nach einer Dreiviertelstunde wieder über sich haben wollte?"

Alle lachten.

Superhirn wurde schnell wieder ernst. „Du stellst die Frage ziemlich komisch, Micha“, sagte er. „Aber ich weiß, was du meinst. Der unserer Abflugstelle entgegengesetzte Erdpunkt liegt auf der anderen Erdhälfte im Stillen Ozean, da, wo die Kokospalmen wachsen.“

„Hm ...“ Prosper runzelte die Stirn. „Da fällt mir was Ungemütliches ein: Was ist, wenn die Piraten über der anderen Erdhälfte, wo uns selbst Charivaris Funkanweisung nicht erreichen könnte ... also, wenn sie da blitzartig zum Angriff übergehen würden ...? Genug Treibstoff für solche Ausfälle haben sie doch? He, Superhirn! Warum schweigst du? Die haben doch mehr Treibstoff als gewöhnliche Raumschiffe?“

„Besseren, meinst du“, erwiderte Superhirn kaltblütig, „besseren Treibstoff, der bei sehr geringer Menge unglaublich lange vorhält! Sicher! Aber den haben wir auch. He ...!“ Seine spitze Nase schoss vor und er meldete: „‚Meteor‘ in Sicht!“

Er erläuterte rasch: „Auf der Platte seht ihr den Himmel, richtiger: den Weltraum. Wir sausen mit der Bugnase voran. Und das da“, er deutete mit dem grünen Leuchtstab auf ein graues Etwas, „ist das verfolgte Raumschiff ‚Meteor'. Es hat die Triebwerke abgeschaltet und lässt sich auf der Erdumlaufbahn treiben, genau wie wir es tun. Passt auf! Ich tippe die Werte X minus 5000. So, nun behalten uns die Piraten fast wie im Schlepp. Der Abstand bleibt immer gleich. ‚Meteor' kann uns nichts anhaben."

„Er kann uns nicht abschütteln oder angreifen?", fragte Prosper.

„Dazu müsste er enorm viel Treibstoff aufwenden", erwiderte Superhirn. „Solange er auf der gleichen Kreisbahn wie wir um die Erde treibt, hat er dieselbe Geschwindigkeit. Wenn ‚Meteor' jetzt seine Raketen zündet, um schneller zu werden, steigt er sofort unausweichlich in die Höhe. Und wenn er mit seinen Raketen bremsen will, sinkt er näher zur Erde hinunter. Es ist also nicht so einfach für ihn, kehrtzumachen und uns entgegenzukommen …"

„Das möchte ich hoffen", sagte Tati trocken.

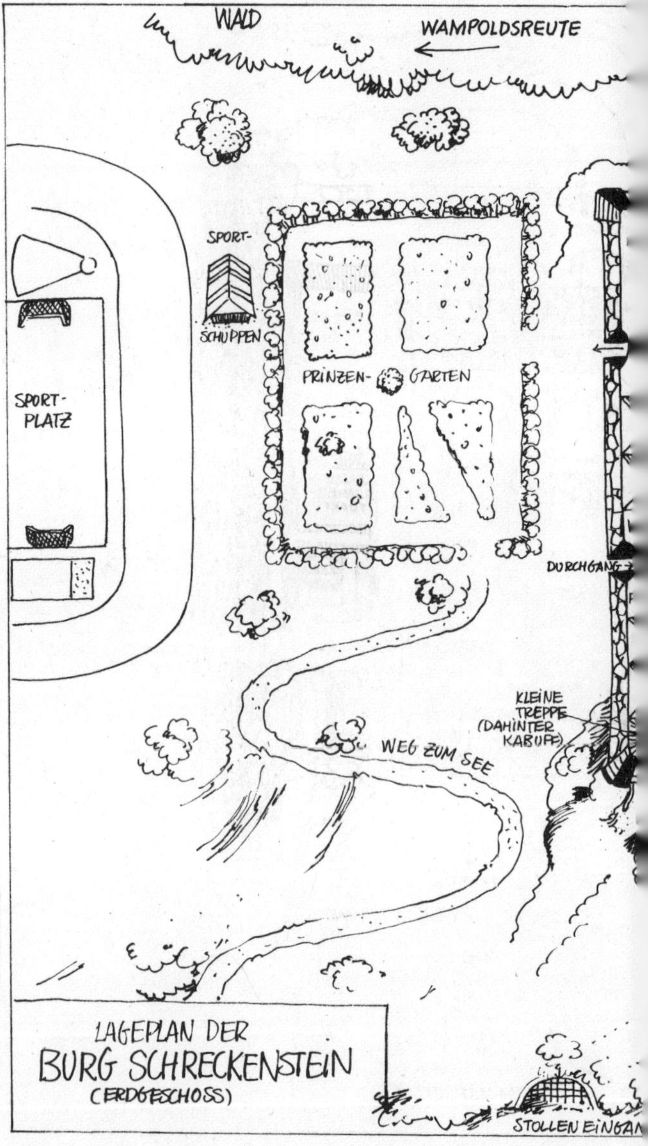

LAGEPLAN DER
BURG SCHRECKENSTEIN
(ERDGESCHOSS)